公達の太刀

奥小姓裏

青田圭一

時代小説

二見時代小説文庫

目次

公達《きんだち》の太刀——奥小姓《おくごしょう》 裏始末 4

序章　公達《きんだち》は竜殺し

一

強さを増した日射しの下で、田沼忠《たぬまただし》はしとどに汗を流していた。

頬から顎を伝った汗が、滴《したた》り落ちる端《はし》から乾いた地面に吸い込まれていく。

今日は寛政《かんせい》元年七月七日。西洋の暦で一七八九年の八月二十七日。季節の上では秋となっても江戸は暑さがいまだ厳しい、七夕《たなばた》の昼下がり。

よろめきながらも踏みとどまった忠の足下に、一振りの竹刀《しない》が落ちている。

毎日通う町道場で手に馴染《なじ》ませて久しい、稽古用の打物《うちもの》だ。

道場に置きっぱなしにせず屋敷に持ち帰り、手入れをするのも忠は怠《おこた》らない。ささくれをこまめに削り取って磨《みが》きをかけ、束《たば》ねの革紐は緩《ゆる》む前に締め直す。刀の形を模《も》したただけのものであっても粗略《そりやく》には扱わず、叔父の風見竜之介《かざみりゆうのすけ》から貰った脇差《わきざし》の次に大事にしてきた一振りだった。

その竹刀がへし折られ、地べたに放り捨てられている。

往来ですれ違いざまに肩をぶつけられたと因縁《いんねん》をつけられてつきまとわれ、逃げ場のない水路の際《きわ》に追い込まれた忠が窮地から脱すべく、奮戦した末のことであった。

「甘いぞ小童《こわっぱ》。元服《げんぷく》前から木刀片手に無頼《ぶらい》の者どもを相手取り、場数《ばかず》を踏んだ我らに町道場仕込みの児戯《じぎ》が通用するとでも思うたか」

「幾ら抗《あらご》うたところで無駄と分かったであろう。本所南割下水《ほんじよみなみわりげすい》の御家人《ごけにん》ごときと侮《あなど》るでないぞ。落ちぶれ田沼の小伜《こせがれ》め」

渾身《こんしん》の一撃を苦もなく阻《はば》んで竹刀を奪い、へし折った二人の男はまだ若い。数《かぞ》えで十二の忠より年は上だが、共に二十歳を過ぎたばかりと見受けられた。

いずれも身の丈《たけ》は高いものの、古びた着物越しに分かるほど痩《や》せている。

人相の悪い顔には無精髭が目立ち、月代《さかやき》を剃らずにいる髪も伸び放題。

町人は正装をする時しか着用を許されぬ袴《はかま》を穿《は》き、大小の刀を帯びていれば士分と分かるが、みずぼらしい外見は食い詰めた浪人者と大差がなかった。

垢《あか》じみた男たちの体臭に増して、忠の背後の水路から漂う臭気は耐え難《がた》い。

水底《みなそこ》に溜まりに溜まった泥が流れを滞《とどこお》らせ、ただでさえ濁った下水を澱《よど》ませているせいだった。

本所は忠が暮らす神田《かんだ》から両国橋《りょうごくばし》を東に渡り、大川《おおかわ》を越えた先である。明暦《めいれき》の大火の犠牲になった無縁仏《むえんぼとけ》を弔《とむら》う回向院《えこういん》など名刹《めいさつ》を擁する一方、千代田《ちよだ》の御城近くに屋敷を拝領できない微禄の旗本や御家人の住まいも多い。

この本所の南北に設けられた割下水は文字通り下水を流すため、道の中心を割る形で開削《かいさく》された水路だ。厠《かわや》から汲み取る大小便は混ざらぬものの、一帯の家屋敷の生活排水が溝《どぶ》を伝って流れ込み、風が運んだ埃《ほこり》は泥となって溜まり放題。両側の水辺に建ち並ぶ屋敷で暮らす御家人たちも、堪《たま》ったものではないだろう。

劣悪な環境は人の心まで腐らせるという。

南割下水界隈では地回りが武士を侮り、通りすがりの旗本や御家人に因縁をつけて金品を脅し取るのを憚《はばか》らずにいる件は忠もかねてより耳にしていたが、まさか御家人でありながら強請《ゆす》りを働く側に転じる恥知らずがいようとは、思ってもいなかった。

「どうした小童、文句があらば言うてみよ」

「ははは、怯《おび》えて声も出ぬと見えるわ」

にやりと笑う御家人たちを、忠は負けじと睨《にら》んだ。

御家人の一人から言われた通り、忠は元老中で遠州《えんしゅう》相良《さがら》五万七千石の大名だった田沼主殿頭意次《とのものかみおきつぐ》の一族だ。忠の祖父が意次の末の弟で、分家の旗本として田沼の姓を授かると同時に奥右筆《おくゆうひつ》に抜擢。軽輩ながら御政道に関する機密を扱い、意次の政《まつりごと》を支えていたのである。

その祖父も故人となり、跡を継いだ長男の清志郎《せいしろう》――忠の父は二百石の家禄だけは安堵されたが、奥右筆どころか何の御役目にも就《つ》けずにいる。

本家に対する御公儀の扱いは更に酷《ひど》く、意次の孫で当年十七歳の意明《おきあき》が相続したのは陸奥下村《むつしもむら》一万石。しかも大名が領民を治める上で必須のお国入りを許されず、江戸に身柄を留め置かれている。

老中職を罷免《ひめん》された意次が幕政改革を頓挫《とんざ》させた責を問われ、謹慎に処されたまま昨年の七月に病で没して以来、田沼の一族を取り巻く情勢は悪くなるばかり。

若年の忠に詳しいことは分からぬが、生前の意次は賄賂《わいろ》を容認し、金次第で人事を動かしていたという。

刀取る身の武士が必要以上に金を欲するのは、たしかに由々《ゆゆ》しき問題だろう。

しかし、故人に悪口雑言《あっこうぞうごん》を叩くことは許せない。

「おぬしたち、それでも上様《うえさま》に御仕えする身か？　いい年をして恥を知れっ」

「ん？　こやつは何と言っておるのだ」

「拙者の差料《さしりょう》で宜しければ喜んで差し上げまする、と聞こえたぞ」

「ほう、それは殊勝な心がけだな」

誇りある少年の一喝《いっかつ》にも耳を貸さず、二人の御家人は余裕綽々《しゃくしゃく》。

履《は》いているのは鼻緒も藁《わら》で編まれた、安物の冷飯草履《ひやめしぞうり》だ。

履き物が安かろうと刀の手入れが万全ならば、武士として馬鹿にはされぬはず。

しかし二人の差料は、着衣に増して酷い有様《ありさま》だった。

柄《つか》は綻《ほころ》びが目立つ上に菱巻《ひしまき》から覗く鮫《さめ》の皮が黒ずみ、手汗が染みやすい鍔《つば》ばかりか目貫《めぬき》と鐺《こじり》も錆《さび》だらけ。

武士の魂とも称される刀がこの有様では、話になるまい。恥を知れと忠が言いたくなったのも無理のないことである。

御家人は旗本より格下で御目見《おめみえ》を許されぬとはいえ、共に将軍家に仕える身。家名が存続することによって先祖代々、徳川の禄《ろく》を食《は》む御恩《ごおん》を受けている。

その御恩に報いる御奉公として平時は御政道を支える諸役に就き、有事には将軍家の治世を脅かす敵との戦いに赴《おもむ》くことを使命とするのも同じであった。

この使命を旗本も御家人も肝《きも》に銘じ、無役《むやく》であろうと前向きに生きるべし。

忠は父の清志郎から常々そう教えられ、少年の身ながらも将軍の直臣《じきしん》である気概を持って生きてきた。

だが、忠を脅す御家人たちには気概も何もありはしない。貧しさを理由に開き直り、将軍の直臣である前に人として恥ずべき所業に及ぶことを何とも思っていないのだ。

「持ち込む先は質屋で構わぬな、渋井《しぶい》？」

「左様に致すが賢明ぞ。粂田《くめた》。刀屋では安う買い叩かれるがオチだ」

「むう、やはり足下《あしもと》を見られるか」

「当節はただでさえ武士が軽んじられておるゆえな。まして身なりがこの有様《ありさま》では話になるまいよ」

悪臭の漂う中、男たちは苦笑を交わしながらも油断をしていない。前にした右足の爪先を前に向け、即座に間合いを詰められる体勢を保つことで忠を牽制《けんせい》していた。

「されば小童、貰うものを貰おうか」

粂田と呼ばれた男が居丈高《いたけだか》に命じてきた。

「将軍家御直参《ごじきさん》、二百石取りの旗本と申せど再起の望みなき田沼の一族、しかも親父が分家の当主に過ぎぬ上に無役では、うぬも小銭しか持ち合わせてはおるまいよ。懐中物は見逃してやるゆえ、差料を寄越せ」

「功徳《くどく》と思うて置いて行くがよかろうぞ。さすれば諦めもつくだろう」

　相方の渋井も、皮肉な笑みと共に告げてくる。

「落ちぶれ田沼が身内に施《ほどこ》しを受けるは業腹《ごうはら》なれど、十日も呑んでおらぬのだ。その脇差もうぬが父親《てておや》に増して報われる望みなきゆえ、我ら御家人の憂《うれ》いを払う玉箒《たまぼうき》となれば本望だろうよ。ははは、そうは思わぬか」

　勝ち誇る二人を前に忠は黙り込む。勝手な理屈に憤りを覚えながらも、もはや抗《あらが》う術《すべ》は残されていなかった。

　御家人たちが所望する脇差を抜き放ち、飲み代の金子《きんす》に換える前に鋼《はがね》の刃を味わえとばかりに斬りつけるわけにもいくまい。武士の子といえども元服の儀を終え、士分の証しとして刀と脇差の大小を帯びる立場となるまでは手入れを含む、本身《ほんみ》の扱いを教わることがないからだ。

　忠も脇差を鞘から抜き差しすることはできるものの、竹刀や木刀と同様に振るえる自信はなかった。勢い余って前に踏み出した自分の足に当ててしまい、自傷するのが目に見えている。

　ならば、打つ手は一つしかない。

「早うせい、小童」

「寄越さねば、こちらから参るぞ」

二人の御家人がおもむろに動き出した。

黙り込んだままでいた忠に焦《じ》れたのか、間合いを詰める足の運びは荒い。

「やっ!」

二人が近間《ちかま》に入った瞬間、忠は気合いと共に地を蹴った。

去る三月に忠は親友の柴信一郎《しばしんいちろう》と共に悪人の一味に囚《とら》われて丸腰にされ、なす術《すべ》もなく痛めつけられた。

その折に助けてくれた叔父の風見竜之介は剣術を初めとする、各種の武術に通じた手練《てだれ》である。忠と信一郎が監禁された敵地に乗り込み、居並ぶ悪人どもを一人残らず制圧したのは柔術《じゅうじゅつ》だった。

体格の不利を補って余りある技の冴えに魅せられた忠はそれ以来、奥小姓の竜之介が非番の折に教えを受けている。

敬愛する叔父《おぎな》の教えを、今こそ活かす時が来た。

「む!」

思わぬ反撃を受けた渋井が声を上げる。

機敏に後ろを取った忠が、背中に飛びつきざま襟《えり》を摑んだのだ。

柔術の技には手足による当て身も含まれるが、少年の身では当たりが弱い。並より小柄な竜之介が締め技は元より打撃技でも六尺豊かな大男を圧倒し得るのは、重ねた稽古の量があってのことなのだ。

ましで相手は二人がかり。一人を締め上げ、盾《たて》にすることによって残る一人を牽制しながら危地を脱する手で行こう――。

「おのれ小童、味な真似をっ」

怒号を上げる粂田に構わず、忠は襟を摑んだ右手に力を込める。

その瞬間、ふっと手許《てもと》が軽くなった。

襟が千切《ちぎ》れたと気づいた時には宙を舞い、地べたに叩きつけられていた。

「ふっ、ぼろ着も役に立つことがあるのだな」

安堵の笑みを浮かべつつ、渋井は動けぬ忠に歩み寄った。

「ちび助め、思い知れい」

右足を上げ、思い切り踏みつけたのは胸板《むないた》。

「ううっ」

苦悶の呻《うめ》きを上げる忠に、粂田が無言で右手を伸ばした。

帯前の脇差が鞘のまま、あっさりと抜き取られた。

二

「やれやれ、思わぬ手間を喰わされたな」

「四の五の申すな。この脇差、それだけの値打ちがあるぞ」

忠を踏みつけたまま愚痴《ぐち》る渋井に、条田が笑顔で脇差を示す。忠から奪って早々に鞘を払い、刀身を検《あらた》めていたのである。

「この丁子刃《ちょうじば》は備前物《びぜんもの》、しかも景光《かげみつ》だ」

「ほう、備前長船《おさふね》か」

条田の見立てに喜びながらも、渋井は忠を踏みつけた足を緩《ゆる》めない。

「左様。始祖の光忠《みつただ》と二代の長光《ながみつ》に続く三代目よ」

確信を込めて条田は言った。

相方の渋井と同様に自身の差料を粗末に扱いながらも、刀の値打ちを見極める目は養われているらしい。

「質流れにするには過ぎた逸品《いっぴん》だな。まして落ちぶれ田沼の小倅が差料には、のう」

忠を踏みつけたまま、渋井が呟く。

「同感だな。いっそ好事家《こうずか》の大名家に持ち込むか」

「それは良い考えだ。あわよくば、仕官が叶うぞ」

条田の提案に、渋井は嬉々として答えた。

「どのみち我らは冷や飯食いの次男坊。札差《ふださし》に借りが嵩《かさ》むばかりの無役の家など兄者に任せ、お大名仕えの陪臣《ばいしん》となりて出直すと致そう」

「ようやっと、我らにも運が向いてきたな」

「流石《さすが》は田沼様々だ。礼を申すぞ、小童」

「かたじけない、かたじけない」

「か、返せっ……」

笑顔でうそぶく御家人たちに、忠は苦しい息の下で訴える。

そこに、思わぬ者たちの声が聞こえてきた。

「やりましたね、条田さん」

「俺たちにも分け前をくださいよ、渋井さん」

満面に笑みを浮かべて御家人たちに近寄ってきたのは、みすぼらしい身なりをした少年たち。近くに身を潜め、成り行きを盗み見ていたらしい。

「お、おぬしたち……」

「しばらくだったな、田沼」

踏みつけられたまま啞然《あぜん》とする忠に、一人の少年が歩み寄る。御家人たちに最初に呼びかけた少年だ。媚びた笑顔から一転し、口ぶりも淡々としたものだった。

渋井が無言で足を上げ、忠を解放してやった。

ようやく息が継げるようになったところに、少年は続けて言った。

「おぬしは知らなかったようだが、俺たちは道場を辞めたんだ」

「辞めた、だと……？」

少年の予期せぬ言葉に忠は茫然《ぼうぜん》。踏みつけから逃れたのも束の間、立ち上がることができないほどの衝撃を新たに受けていた。

「師範代の柴先生には話をして許しも出た。おぬしに言うことは何もない」

「柴先生が、許した……？」

忠は信じがたい面持ちだった。

柴伊織《いおり》は信一郎の父親だ。清志郎と同じく無役の旗本で奥方には先立たれ、一時は身を持ち崩していたが信一郎が忠と共に誘拐された事件を機に立ち直り、今は町道場の師範代を務めている。

伊織の指導は的確で、門人は元より出稽古で留守にしがちな道場主が寄せる信頼も篤《あつ》かった。しかし、南割下水の御家人の少年たちが稽古に来なくなった件については忠が相談しても答えを濁し、当人の自主性に任せればよいとしか言われていない。

「謝礼をお納めできずに申し訳ありませんって、俺たちが泣いて訴えたのが効いたんだろう。もちろん嘘泣きだけどな」

別の少年が薄笑いをしながら忠に言った。

「何だと……されば先ほど、皆が不在であったのも偽りか」

「ああ、居留守だよ。事情も知らずにしゃしゃり出た、お節介な奴と会いたいなんて誰も思いやしないさ」

「されば何故、今になって出て参った？」

「さっきから言ってるだろ。分け前を貰うためさ」

「分け前、だと……」

「その脇差、値打ちがあるんなら先に頂戴しとけば良かったよ」

「……」

「お前も馬鹿だなぁ。おたからを盗られにわざわざ来るなんて」

「どうせ落ちぶれ田沼に値打ちもんは釣り合わないだろ」

「そういうことだ。身から出た錆と思って諦めな」

愕然《がくぜん》とした忠に向かって、他の少年たちも口々に言い放つ。

いずれも感謝の念は元より同情の色もない、醒《さ》めた態度であった。

「引っ込んでおれ、浅ましい餓鬼《がき》どもめ」

二の句が継げぬ忠をよそに、条田が少年たちを睨んだ。

「粘ったところで一文も渡さぬぞ。こやつが出向いて参った理由はどうあれ、捕らえたのは日頃から網を張っておる条田と俺だ。分け前を寄越せなどとは片腹痛いわ」

食い下がるのを許さじと、傍《かたわ》らで渋井も声を荒らげる。

「大口を叩くなよ、渋井さん」

「そうだそうだ、いつも雑魚《ざこ》ばかり引っかけてるくせに」

負けじと少年たちが言い返した。

「知ったことか。とっとと散れい」

「懲《こ》りぬ奴らめ。また痛い目に遭いたいのか」

歯を剝いた渋井に続き、条田が弊衣《へいい》の袖を捲《まく》り上げた。

「ひっ……」

「や、止《や》めてくれよぉ」

拳を振り上げられた途端《とたん》、少年たちは逃げ出した。

よく見れば、どの子も顔に傷がある。防具を着けて竹刀を交える稽古の場では付くはずのないもので、しかも新しい傷だった。

日頃から粂田と渋井のおこぼれに与《あずか》ろうとまとわりつき、殴られているのだろう。

「どうだ小童、うぬも殴りたくなっただろう」

「……」

「見ての通りよ。あれが奴らの本性だ。救う値打ちも……」

四方へ逃げ散る少年たちを尻目に、粂田は冷たく笑う。

相方の渋井も、皮肉な笑みを忠に向けた。

「あやつらは習えるだけ剣を習うて、体《てい》よく礼金を踏み倒しただけのことよ。それに気づかずに案じて足を運ぶとは、おめでたいにも程があろう。うぬは余程の坊ちゃん育ちなのだな」

そんな言葉を置《お》き土産《みやげ》に、二人は踵《きびす》を返そうとした。

「ま、待てっ」

その背に向かって、忠は告げる。

たしかに自分は甘かった。劣悪な環境が人の心を腐らせるというのは真実なのだと、重ねて思い知らされてもいた。

しかし、大事な脇差は渡せない。

奪われた脇差は三月の事件が解決された後、生きて戻った祝いと称して竜之介から贈られたものである。元は竜之介が元服した折に意次が与えた一振りで、零落《れいらく》した本家を援助すべく過去に授かった品々を余さず売り払った際にも、これだけは手放せずにいたとのことだった。

地味でありながら堅牢な黒鞘には田沼家の紋所《もんどころ》で、意次が栄華を極めた当時に余りある威光を象徴した七曜星《しちようせい》が、金泥《きんでい》の輝きも鮮やかに描かれている。粂田が見立てた通りに作者は備前長船景光であると、将軍家御抱えの本阿弥《ほんあみ》家による鑑定書にも明記されていた。

忠とて、これほどの一振りを気軽に帯びていたわけではない。

清志郎には幾度となく、叔父上には自分から詫びるので金子《きんす》に換え、母上が苦労をしている家計の足しにして頂きたいと申し出たが相手にされず、心苦しく感じながらも腰にしてきた。

この脇差には、父と叔父の願いが込められていると忠は思う。

分家なれども田沼の姓を名乗る家の跡取りとして恥じず、臆さずに生きよ。

高い値打ちに負けないだけの、誰からも認められる男となれ。

そう言われているように思うのだ。

何としても、取り返さずにはいられなかった。

三

「懲《こ》りぬな、小童」

条田が憮然《ぶぜん》と振り向いた。

渋井は無言で向き直り、忠を見返した。

昼下がりでありながら、通りかかる者は誰もいない。

先程の少年たちの反応からも察しがつく。ここは、そういう場所なのだ。

力ある者が事を起こした時は、見て見ぬ振りをする。

仮にも武家地、それも御家人たちの暮らす所でありながら、無法が罷《まか》り通るのだ。

忠は果敢に身構えた。

元より丸腰であり、武器は並より小柄な己の体のみ。

「馬鹿め」

条田が吐き捨てるように呟き、手にした脇差を後ろ腰に差す。邪魔にならないようにした上で、忠を黙らせるつもりなのだ。

迫る殺気に呑まれまいと、忠は両腕を振り上げる。

そこに穏やかな声が割って入った。

「おやおや、昼日中《ひるひなか》っから子供相手に刀狩りどすか。華のお江戸や言うても、ほんまは物騒《ぶっそう》なんやなぁ」

「うぬっ、何者だ」

「邪魔立て致さば承知せぬぞ!」

京言葉の呟きを耳にして、御家人たちは目を吊り上げる。

鋭い視線を向けた先に、一人の若者が立っていた。

「鼻息が荒《あろ》うおすなぁ。短気は損気て言いますやろ」

優美な細面《ほそおもて》に苦笑を浮かべ、若者はやんわりと言い返す。

忠より年長だが、御家人たちと比べればまだ若い。十六か十七といったところか。

長く伸ばした黒髪を結わずに束ね、水干《すいかん》の背中に垂らしている。

草鞋《わらじ》履きで埃に塗《まみ》れた網代笠《あじろがさ》を右手に提げ、後ろ腰に結んだ包みも網代。左の腰に佩《は》いた太刀には道中の埃を防ぐ蟇肌《ひきはだ》が被せてある。笠の傷み具合から長旅をしてきたと見受けられたが不思議と日焼けをしておらず、肌は女人《にょにん》さながらに白かった。

「うぬ、江戸は初めてか」

渋井が居丈高に問いかけた。

「はい。お初です」

「ははは、やはり公家《くげ》は世間を知らぬらしいな。ここは華のお江戸の外《はず》れの地、泣く子も黙る南割下水よ」

「迷い込んだはうぬが落ち度だ。その太刀、ついでに貰い受けてつかわそうぞ」

苦笑交じりに告げた渋井に続き、条田が若者に言い渡す。

「おや、やっぱり刀狩りやったんですか」

御家人たちの脅し文句に、若者は平然と答えていた。

「ほな、先手必勝で行きましょか」

さらりと告げるや、前に出る。

「む？」

条田が驚きの声を上げた。

近間へ踏み込まれたと気づいた瞬間、脇差が消えたのだ。

いつの間に後ろを取られたのか。

奪い返そうとするより早く、見舞われたのは足払い。

踏みとどまる余裕も与えられず、割下水の真上まで吹っ飛ばされた。

「うわ」

悲鳴と共に水音が上がった。

溜まりに溜まった汚泥《おでい》に頭から叩き込まれ、条田はぶくぶくと沈んでいった。

「おのれっ」

渋井が怒号を上げざま、帯びた刀に手を掛ける。

左の手のひらで包むように握り込み、鯉口《こいぐち》を切る。親指で鍔を押し出すよりも早いやり方だ。

そのまま抜き打つ寸前、鯉口が派手な鍔鳴りと共に締められた。

若者が近間に立ちざま、柄頭《つかがしら》を押し戻したのだ。

同時に鞘まで摑まれては引くのも叶わず、もはや抜刀するのは不可能だ。

「この鍔鳴りはあきまへんな。どこもかしこも、緩みすぎですわ」

焦る渋井に顔を近づけ、若者は静かに告げる。

「くっ……」

負けじと渋井が力《りき》んでも、若者に押さえ込まれた刀は動かない。

小柄な五体のどこに、これほどの剛力《ごうりき》が秘められているのだろうか。

「お前《ま》はんら程度の腕で気取ったらあきまへん。打物の手入れは十分すぎるぐらいにしとかんと、命取りになりますえ」

言い渡すと同時に繰り出した鉄拳が、渋井のみぞおちにめり込んだ。

力みのない一撃でありながら、その威力は凄まじい。

悲鳴を上げることもできぬまま、渋井は割下水まで吹っ飛ばされた。

水底の汚泥に沈む前に、気を失っていたようである。

放っておけば窒息し、命に係《かか》わることだろう。

しかし、若者は一顧《いっこ》だにしなかった。

「半端《はんぱ》もんが大口叩きよって。酒の代わりに泥水喰《く》ろて往生《おうじょう》しい」

突き放したように告げた後、若者は忠の脇差を手に取った。奪い返したのを水干の下に穿いた袴の前に差し、御家人たちを倒す邪魔にならないようにしておいたのだ。

「よう手入れが行き届いとるなぁ。あいつらの刀と違《ちご》て、坊《ぼ》んの差料でいられることを喜んどるわ」

微笑《ほほえ》み交じりに呟いて、若者は忠に向き直る。鞘の紋所を目にしながらも取り沙汰しようとはしなかった。

「ほい」

若者は笑顔で脇差を差し出した。

「か、かたじけのうございまする」

脇差を手渡され、謝意を述べる忠の声と動きはぎこちない。性根が腐っていても腕の立つ二人を歯牙《しが》にもかけず、瞬く間に返り討ちにしてのけた若者に感謝をするのと同時に、畏怖の念を覚えずにはいられなかった。

「ほな、行くわ」

忠の態度に気を悪くした様子も見せず、若者は踵《きびす》を返した。

「お、お公家様、ご尊名を」

「名乗るほどの者《もん》やあらへん。気ぃ付けてお帰り、坊ん」

別れ際の問いかけをさらりとかわし、そのまま歩き去っていく。

若者が足を向けたのは、大川の下流に架かる新大橋《しんおおはし》。忠は最寄りの両国橋を渡って一人で帰れと、無言の内に態度で示したのだ。

後を追いかけようとしたのを思いとどまり、忠は逆の方向に向かって歩き出す。

七夕の日が、そろそろ暮れようとしていた。

四

「今年の笹《ささ》飾りは豊作だな」

強さを増した西日の下、風見竜之介は童顔を綻《ほころ》ばせた。

屋根の上に立つ竜之介の装いは、木綿《もめん》の常着《つねぎ》。

御城勤めの当番が明け、昼過ぎに下城して早々に着替えたものだ。袴は穿かずに裾をはしょり、締まった脛《すね》を剝き出しにしている。足袋《たび》は御城中においても秋の衣替えをする九月の十日まで略すのが決まりのため、元より裸足だった。

微笑む竜之介の視線の先には、七夕の笹竹。

大の男の背よりも高い孟宗竹《もうそうちく》の小枝を払い、代わりに括《くく》りつけた青笹の枝は五色《ごしき》の短冊と紙細工で鈴なり。暮れる前に強さを増した西日の下、熱気を孕《はら》んで吹き抜ける風に揺れていた。

「子供の数が倍となれば、これほどまでに短冊が増えるも道理か……」

笑顔で呟く竜之介は並より小柄で童顔ながら、数えで当年二十四歳。一昨年の新春に娘婿《むこ》として迎えられた風見家は、代々の家禄三百石に足高《たしだか》の二百石を加えて五百石取りの直参旗本《じきさん》だ。神田《かんだ》の小川町《おがわまち》に五百坪を与えられ、千石以上の御大身には及ばぬまでも風格のある、長屋門と片番所のついた屋敷を構えていた。

その母屋の屋上から竜之介は四方を見やる。

武家と町家の別を問わず、見渡す限りの屋根の上で笹竹が揺れていた。

七夕の笹竹を屋根に立てる習わしは元々、借家住まいの町人たちが始めたことだ。江戸市中の宅地の殆どは武家と寺社に占められ、町家の間取りは狭い。九尺二間《くしゃくにけん》の裏長屋は元より、町の表通りの仕舞屋《しもたや》にも笹竹や鯉のぼりを出せるほど十分な広さの庭など付いておらず、やむなく屋根を活用したのだ。

いわば苦肉の策だったわけだが、高々と掲げられた笹竹が家々の屋根に連なる様《さま》は見栄えが良く、技芸上達を祈願した短冊をより高く掲げることは、七夕の主役にして天界の神である織女《おりひめ》と牽牛《けんぎゅう》に願いを聞き届けて貰う上でも望ましいとあって、次第に武家も真似をし始めた。

町人に負けじと張り合いを重ね、紙細工ではなく本物の小袖まで飾り物にする武家も多かったが、ここ数年は目立たない。

一昨年に老中首座に就任し、幕政の改革に乗り出した松平越中守定信《まつだいらえっちゅうのかみさだのぶ》が質素倹約を厳しく唱え、不心得者と見なされた旗本と御家人が死罪や遠島《えんとう》を含む厳罰に、次々と処されているのを恐れてのことだろう。

「たしかに奢侈《しゃし》は慎むべきだが、質素に過ぎるも悪《あ》しきことだ。越中守様のご面前ではおくびにも出せまいが……な」

人懐っこい童顔に苦笑を浮かべる竜之介の、元の姓は田沼という。定信が台頭《たいとう》すると同時に立場を失い、昨年に没した田沼主殿頭意次は竜之介の亡き父の兄。すなわち伯父である。

「相良のお城にて伯父上とご一緒に拝んだ天の川は、真に見事であったな……」

感傷交じりに呟くと、竜之介は笹竹に歩み寄る。支えに張られた綱を解き、鈴なりの短冊と紙細工を落とさぬように気を付けながら肩に担いだ。

七夕の笹竹は日が暮れると屋根から下ろし、その夜の内に最寄りの川に流す。後に控える盂蘭盆会《うらぼんえ》に先駆けて、死者の霊を弔《とむら》う意味を込めてのことだ。

閏《うるう》六月を経て七夕を迎えた江戸の空は、幸いにも穏やか。この笹竹に短冊を寄せた子供たちが楽しみにしている、夫婦星《めおとぼし》と天の川も拝めることだろう。

ちょうど六年前の天明《てんめい》三年七月に浅間山《あさまやま》が大噴火を起こして以来、日《ひ》の本《もと》の天候は不順な状態が続いている。

去る六月には近畿《きんき》から東海《とうかい》に至る各地が連日の豪雨に見舞われ、洪水が続出。京の都では鴨川《かもがわ》と桂川《かつらがわ》が氾濫を起こし、応仁《おうにん》の乱以来の被害を出した昨年の大火の痛手がいまだ癒えない都人《みやこびと》に難儀をさせたという。

　この天候不順は、幕府にとって重要極まる問題であった。

　物的な被害と人心の動揺もさることながら、最も大事なのは米の取れ高だ。適度に増えて値が安定し、暴騰《ぼうとう》にも暴落《ぼうらく》にも至らぬことが望ましいが、天候が人の力の及ぶものには非《あら》ざる以上、祈るより他になかった。

　そう思えば幼子たちがしたためた、他愛ない短冊も馬鹿にはできまい。

　風見家の笹竹に短冊を寄せた子供の数は、昨年の倍の六人だった。いまだ乳飲み子である竜之介の息子は、勘定に入っていない。

　新たな三人は竜之介が縁あって引き取った、男子二名に女子一名。

　昨年からの三人は亡き父から家督を継ぎ、分家ながら田沼の姓を名乗っている兄の清志郎の息子と娘。竜之介にとっては甥《おい》と姪《めい》である子供らが昨年から風見家に短冊を持参するようになったのは、自分の屋敷に笹竹を飾れないがゆえのことだ。

　意次の死から満一年が経とうとしている今も、田沼一族の人々は息を潜めるようにして生きている。

　万事に亘《わた》って自粛を心がけるのは、本家を相続した意明《おきあき》のためだった。

意次の直系の孫である意明は、まだ十七の若者だ。

しかし幕府の冷遇ぶりは徹底しており、同い年の家斉《いえなり》に御目見することも許されない。

今日は御城中で七夕の儀が催され、在府の大名たちも総登城したが意明には御声がかからず、奥小姓として家斉の御側近くに控えていた竜之介は、平静を装いながらも歯がゆい想いをさせられた。

全ては意次に対する怒りがいまだ尽きぬであろう、定信の指示に違いあるまい。

その怒りを解こうと一族を挙げて反省の意を示す中で清志郎も、子供たちのための鯉のぼりや笹竹を飾ることまで自粛しているのだ。

他家に婿入りした竜之介は、そこまでするに及ばぬ身。亡き意次の甥であることはもちろん定信にも知られており、御城中で接する時は気が抜けないが、屋敷に帰った後のことまでは干渉されぬし、させる気もなかった。

「………」

竜之介は無言で笹竹を担ぎ直す。

子供たちの成長の証しと思えば、昨年より増した重みも心地よい。

この心地よさまで奪われてはなるまい。

夕暮れ迫る空の下、そう心に誓う竜之介であった。

五

「お待たせ致しやした、殿様！」

庇《ひさし》の下から聞こえた声に続いて、中間《ちゅうげん》の文三《ぶんぞう》が姿を見せた。

「文三か。井戸浚《いどさら》いはもう良いのか？」

「へい。溜まってた土も埃《ほこり》も浚って、すっかりきれいになりやした」

「それは重畳《ちょうじょう》。大儀であったな」

「滅相もございやせん。早いとこ笹竹を降ろさなきゃならねぇのに、落とし物が存外に多かったもんで、今し方までかかっちまって」

「大事ない。雑作《ぞうさ》をかけたな」

「恐れ入りやす」

若い主君に労をねぎらわれ、文三は恐縮しきりで頭を下げた。

風見家の奉公人たちの中でも古参《こさん》の一人である文三は、日頃は竜之介の草履取りを務めている。見た目こそ風采《ふうさい》の上がらぬ三十男だが本職の鳶《とび》に劣らず身が軽く、七夕に付き物の井戸浚いでは率先して底まで潜る一方、笹竹の設置と片づけも毎年の役目としていた。

「されば、後は頼むぞ」

「へい、お任せくだせぇまし」

竜之介が肩から下ろした笹竹を、文三は笑顔で受け取る。

「早くしてくだせぇよ、兄い。ぐずぐずしてたら日が沈んじまうじゃねぇですか」

文三が担いだのを見計らったかのごとく、庇の下から毒舌を叩く声が聞こえた。

「勘六《かんろく》かい……急かすぐれぇなら、お前も屋根まで上がってきて手伝いな」

「兄いこそ牛じゃあるめぇし、口より先に手を動かしなせぇ」

「このやろ、兄貴分に向かって何を言いやがる？」

「ああ、高いとこが得意なのは猿でござんしたね。こいつぁ失礼しやした」

面長で両目の間が離れた顔を庇から覗かせ、勘六は重ねて毒舌を叩いた。

勘六は風見家に奉公する中間の一人で、日頃は長柄傘《ながえがさ》持ちを務めている。自分より古株の中間たちには従順ながら文三に対してだけは遠慮をせず、隙あらばやり込めるのが常であった。

「その辺にしときな、六」

勘六が更に毒舌を叩こうとしたところに、渋い声が割り込んだ。

女泣かせの甘い顔立ちに似合わず押しの強い、挟箱《はさみばこ》持ちの瓜五《うご》の声だ。

「う、瓜五の兄貴」

「お前と文三兄いだけにさせといたんじゃ殿様のご迷惑になると思って、来てみりゃ案の定だったかい。井戸浚いも笹飾りを川に流すのも、他のご家中に後《おく》れを取るのはお家の恥だってことぐれぇ、お武家にご奉公する身だったら知ってんだろ」

「め……面目《めんぼく》次第もございやせん」

「言い訳はいらねぇよ。早くしな」

「へいっ」

勘六は気合いを込めて答えると庇を摑み、屋根まで一気によじ登る。

しかし屋上に立った途端《とたん》、ひょろりとした長身は腰砕《くだ》け。

「ぶぶぶ、文三兄い、ととと、とっとと渡してくだせぇよ」

「おいおい、そんなへっぴり腰で大丈夫かい。歯の根も合っていないじゃねぇか」

「そそそ、そう思うんなら、あ、兄いのほうから来ておくんなせぇ」

「ったく、口しか動かせねぇのはお前じゃねぇか……」

文三は呆れた声を上げながらも笹竹を抱え、危なげのない足取りで歩み寄った。

「こいつぁ俺が持ってくよ。後からゆっくり降りてきな」

生まれたての仔馬のごとく震えるばかりの勘六に告げ、梯子《はしご》に足を掛ける。笹竹を抱えた両腕を使わぬまま、瓜五の所まで降りていった。

「待たせたな」

「ご苦労さんです」

文三が差し出す笹竹を受け取り、瓜五は下を見やる。

梯子を支えながら待っていたのは、槍持ち中間の鉄二《てつじ》だ。

「出番ですぜ、兄い」

瓜五の呼びかけに無言で頷く鉄二は、力士も顔負けの巨体の持ち主。伸び上がっただけで難なく笹竹を受け取ると、飾り物を散らせることなく運んでいった。

「流石だな」

中間たちの連携を屋根の上から見届け、竜之介は感心した面持ちで呟いた。

日が傾き、西の空は茜色《あかねいろ》に染まりつつある。

「お、お待ちくだせぇ」

梯子に手を掛けた竜之介に、勘六が哀れっぽい声と共に取りすがった。先ほどまでと比べれば落ち着いてきたものの、まだ震えが止まっていない。

「何としたのだ勘六。後は我が身を降ろすだけであろうが？」

「そ、それが難儀なのでごぜぇます」

「その足で梯子を登って参ったのだろう。降りられぬ道理はあるまい」

「の、登れたのは文三兄いをからかってやりてぇと思ったからで……」

「張り切って参ったのはいいものの相手がいなくなり、我に返ったということか？」

「め、面目次第もございやせん」

「大の男が情けないことを申すな。留太《りゅうた》と末松《すえまつ》に笑われるぞ」

「そ……そいつぁご勘弁願いてぇですね」

竜之介の言葉を受け、勘六の声に幾らか力が戻った。勘六が兄貴風を吹かせながらも常々可愛がっている子供たちを引き合いに出せば、腹を括《くく》らざるを得ないだろうと竜之介は踏んだのである。

勘六は、決して動きそのものが鈍いわけではない。

日頃から竜之介が有事に備え、中間たちが紺看板《こんかんばん》と呼ぶ法被《はっぴ》の後ろ腰に差す木刀を得物《えもの》として活かせるようにと小太刀の稽古を付ける際にも、勘六が見せる動作は意外に機敏。木刀を振りかぶって打ち下ろす際にも素人《しろうと》にありがちな、柄を力任せに握り締める、くそ握りの傾向は見受けられなかった。

　中間は士分に非《あら》ずとも、いざ出陣となれば家中《かちゅう》の兵として勘定される。泰平の世で九割九分あり得ず、いくさ場で任される役目も荷運び程度とはいえ、屋根に昇り降りすることもままならぬとあっては困るのだ。

「性根《しょうね》を据えよ。子供に範《はん》を示すは大人の務めぞ」

「と、殿様ぁ」

「文三も言うておった通り、ゆるりと致せば仕損じはあるまい」

「あ、足を踏み外しちまったらどうしやす。ほ、骨が折れちまうじゃありやせんか」

「足がすくむのは怖がるからだ。いっそ目を閉じたままで降りてみよ」

「めめめ、目ん玉を、でございやすかい？」

「騙《だま》されたと思うて、やってみよ」

　返事を待たず、竜之介は前に踏み出した。

　絶句した勘六をそのままに、足だけで梯子を下っていく。文三が見せた動きにも増して素早い、軽やかな体《たい》の捌《さば》きであった。

　足場が不安定であっても正中線《せいちゅうせん》を常に保ち、重心が崩れぬのは少年の頃から積んできた武術の修行の成果。勘六に与えた助言は柔術を学び始めの幼子だった時分に教えられ、身に着けた心得の一つにすぎない。

竜之介の亡き父は、意次の父親で旗本としての田沼家の初代だった意行《おきゆき》が亡くなる前に、屋敷に奉公していた女中に生ませた子。本来ならば田沼の姓を許されず、日陰の身で一生を終えるところを意次は末の弟と認め、分家の当主に据えた上で奥右筆に抜擢し、他の親族から嫉妬《しっと》をされない範囲で優遇してくれたのだ。

この大恩に報いるべく父は御役目に精勤する一方、二人の息子を文武の二道に邁進させた。長男の清志郎に学問を、次男の竜之介に武術を徹底して学ばせ、意次と嫡男である意知《おきとも》の手足となって働かせたいと望んだのだ。

話を聞いた意次と意知は大いに喜び、竜之介は、御側御用取次《おそばごようとりつぎ》を経て老中となった伯父の有り余る威光の下、当代一流の兵法者たちから教えを受ける恩恵に浴した。

意知が凶刃に斃《たお》れ、意次は咎人《とがにん》の扱いを受けたまま没してしまったものの、鎌倉《かまくら》の世の武者さながらの域に達した竜之介の武技は健在。

その武技も今は田沼家のためではなく、失脚した意次に救いの手を差し伸べようとしなかった新将軍の家斉、そして一族を没落させた張本人である定信の密命を果たす上でしか、役に立つ機を得られずにいるのだが――。

「凄《すげ》え……ほんとに目を開けていなさらねぇや……」

頭上から勘六の驚く声がする。

目を閉じたまま梯子を下る竜之介の胸の内など、元より気づくはずもなかった。

六

「叔父さま」

「おじうえー」

地面に降り立つ竜之介の耳に、幼子たちの呼びかける声が届いた。

今年で九つと五つになる、姪の孝《こう》と甥の仁《ひとし》だ。手を繋ぎ、トテトテとこちらに歩み寄ってくる様が微笑《ほほえ》ましい。

「そなたたち、まだ帰っておらなんだのか」

竜之介は腰を屈《かが》め、幼い二人と視線を合わせた。

「神田川までご一緒させていただきたいのです。宜しいでしょうか」

「いってもいいでしょ、おじうえー」

口々に願い出る二人は姉弟揃って、父親の清志郎に似ている。幼子ならではの丸顔をしていながらも目鼻立ちは整っており、美男美女に育つ兆《きざ》しが見て取れた。

「今時分まで待っておったのならば仕方あるまい。お屋敷には知らせたのか」

「はい。帳助《ちようすけ》さんにお頼みしました」

「松井《まつい》に任せたのならば、安心だな」

帳助は、風見家で用人を務める松井彦馬《ひこま》の一人息子だ。同じ神田の岩本町《いわもとちよう》で暮らす清志郎の屋敷に日頃から足を運び、長男の忠に算学《さんがく》と窮理《きゆうり》を教えている。意次の失脚に伴って奥右筆を罷免された亡き父から家督は継いでも無役のままで、貧しい暮らしを余儀なくされる清志郎のためにと、竜之介が取り計らったのである。実務に役立つ分野でありながら武家で好んで習得する者が少ない算学と窮理を、頭が柔軟な少年の頃から学ばせておけば公儀の役職の中でも出世をしやすい、勘定方《かんじようがた》への道も拓《ひら》けると期してのことでもあった。

当の忠は学問よりも剣術の稽古に熱中しがちで、修行の場を近所の町道場に移してからは更に熱を上げているのが困ったところだ。

ともあれ、楽しみに待っていた幼子たちを粗略に扱ってはなるまい。

中間たちが屋根から下ろした笹竹は日が沈むのに合わせ、運び出す段取りも調《ととの》っている頃だ。

「されば、出かけると致そうか」

竜之介は腰を上げ、孝と仁を促す。

そこに二人の少年の声が割り込んできた。

「とのさま、おいらたちもつれてってよぉ」

「止せよ末。殿様に失礼じゃないか」

いまだ幼い少年が甘えた声を上げるのを遮《さえぎ》って、年嵩《としかさ》の少年が叱りつける。竜之介に窮地を救われて、屋敷内の長屋に引き取られた無宿人の子供たちだ。

「構わんぞ、留太」

竜之介は少年たちに向き直った。

「末松も短冊を献じたからには、川に流すところまで見届けたいのであろう。その気持ちは無下《むげ》にできまい」

「いいのかい、殿様？」

日頃は喧嘩っ早い留太が、おずおずと竜之介に問いかけた。

「余計な遠慮は致すでない。おぬしらを引き取る折にも、左様に申したはずだぞ」

「あ……ありが、とう」

「ありがと、ありが、とのさま！」

つっかえながら謝意を述べる留太の傍《かたわ》らで、末松はにっこり。

「りゅうちゃんもまっちゃんも、おゆるしがでてよかったねぇ」

二人と仲良しになって久しい仁も、丸顔一杯に笑みを浮かべていた。

「良かったわね」

無邪気な弟に釣られて、孝も頰を綻ばせる。

その微笑みが突然、満面の笑みに変わった。

「あっ、兄上！」

「あにうえー」

黄色い声を上げた孝に続き、仁もトテトテと駆け寄っていく。

「おや、おぬしも参ったのか」

「は、はい」

竜之介に問いかけられ、答える忠の口調はぎこちない。

「稽古の帰りか。常より遅いようだが」

「さ、左様にございます。ち、ちと信一郎と刀屋に……」

持っていたのは刺子《さしこ》の道着と防具のみ。なぜか竹刀は見当たらなかった。

「屋敷にも戻らず、この時分まで寄り道とは感心せぬな」

「申し訳ありませぬ……」

詫びる声が暗く沈んでいる。表情といい、訪ねてくるなり説教をされたのがよほど堪《こた》えたのだろう。

「まぁ、良い。孝と仁が迷子にならぬよう、しかと守《も》りを致せ」

それ以上は咎《とが》めることなく、竜之介は白い歯を見せた。

「心得ました、叔父上」

竜之介に折り目正しく頭を下げ、忠はようやく微笑んだ。

「さぁ兄上、元気を出して参りましょう」

「まいりましょう！　まいりましょー!!」

兄に寄り添う孝の傍らで、仁も甘えた声を上げる。

そこに笹竹を掲げ持った鉄二を先頭に、中間たちもやって来た。ようやく屋根から降りてきた勘六も加わっている。

「しゃきっとしねぇか、勘の字」

「へ、へい……」

文三にやり込められても毒舌を叩く余力《よりょく》はないらしい。

「ろくおじちゃん、どうしたのかな？」

「そっとしといてやんな」

無邪気に首を傾げた末松の手を引き、留太は後ろに下がる。

「よし、参るか」

一同の先に立ち、竜之介が歩き出す。

すかさず長屋門を開いたのは、片番所に詰めていた足軽《あしがる》の島田権平《しまだごんぺい》。

進んで殿《しんがり》になった留太を見送ると、速《すみ》やかに門扉《もんぴ》を閉める。

共に番人を務めているのは見習い中間の茂七《もしち》だ。

「島田様、麦湯《むぎゆ》でもお持ちしやしょうか」

「無用だ。俺をだしにして怠けるのは止《よ》せ」

「ありゃー、お見通しでござんしたか」

「無駄口を叩かずに集中せい」

言葉少なに茂七を叱る間も、権平は門前から目を離さない。風見家が近所の旗本と共同で運営する辻番所に詰める際にも増して、警戒に余念がなかった。

七

神田川の畔《ほとり》に水茶屋《みずぢゃや》がずらりと並んでいた。

寒い時季は温かい煎茶、暑さが盛りの頃には井戸で冷やした麦湯で一服し、火種が常備されていて煙草《たばこ》も吸える、江戸の日常に欠かせぬ商いだ。

そんな水茶屋の一軒が書き入れ時にもかかわらず、暖簾《のれん》代わりの幟《のぼり》を降ろしたままになっている。商い用の床机《しょうぎ》には水干姿の若者が横たわり、心地よさげに寝息を立てていた。

「綾麻呂《あやまろ》、起き」

熟睡中の若者に歩み寄り、肩を揺する水茶屋の女将《おかみ》は四十絡《がら》み。女人にしては背が高いが武骨な印象はなく、薄地の着物を纏った体の線は優美そのもの。大奥《おおおく》に出入りするため剃《そ》り上げた頭には鬘《かつら》を被《かぶ》り、巧みに正体を隠していた。

この女の名は咲夜《さくや》。

老中首座の松平越中守定信を憎みながらも利用し、悪事を重ねた毒婦である。

「何ですの、お母はん。言うてはった仕事には、まだ間《ま》ぁがありますやろ……」

「ええから見い。ちょうどええとこに的《まと》が来よったんや」

欠伸《あくび》しながら上体を起こした綾麻呂に、咲夜は小声で指示を出す。

「あれが風見竜之介。お前《ま》はんが始末する男や」

「左様《さよ》か……」

川沿いに進む風見家の面々を、綾麻呂と咲夜は無言で見やる。潑溂《はつらつ》とした面持《おもも》ちで先頭を行く竜之介は、二人の視線に気づいていない。

「お前はんに会得させた剣は、竜殺し。ゆめゆめ後《おく》れを取ったらあかんえ」

「分かっとります。あれほどの相手と手加減なしでやり合えるとは楽しみですわ」

押しの強い声で告げる咲夜に、綾麻呂は唇の端を上げて微笑んだ。

「……ん?」

ふと、綾麻呂が目を凝《こ》らす。

母の期待に応えた不敵な笑みは失《う》せ、優しげな眼差しになっていた。

「お母はん、あの子供は誰ですの」

「竜之介が屋敷に引き取った無宿人の伜《せがれ》どもやろ。放《ほ》っとき放っとき」

咲夜は興味なさげに背を向けて、床机の埃を拭いている。

「違いますがな、よう見とくなはれ」

「何やの、もう」

「ほら、竜之介ん前を歩いとる、お武家の坊《ぼ》んがいますやろ。よう似とるから妹と弟やろけど、ちびっ子の手ぇ引いとりますやん」

「ああ、あれは田沼忠や。竜之介の甥っ子や」

「やっぱり、おじい様のお血筋どすか」

咲夜の話を聞いた綾麻呂は、得心した様子で微笑む。

「何や綾麻呂、あの子にどこぞで会うたんか」

気色《けしき》ばんだ面持ちで咲夜が問う。

「千住《せんじゅ》からこっちに来る時、本所の南割下水いうとこに迷い込んだら、あの坊んが腰のもんを盗られそうになってましてん」

「それでお前、助けたんか」

「深い意味はありまへん。二人がかりで子供を脅しよった卑怯《ひきよう》もんを、二度と悪さができへんようにしたっただけですわ」

「あほ、敵の身内を助けてどないするんや！」

たちまち咲夜の目が吊り上がった。

「声が大きいですわ、お母はん」

咲夜が憤りを露《あら》わにしても、綾麻呂は動じない。

「美しいおなごはんに怒った顔は似合いまへん。亡くなったお父上にも、そう言われはったんですやろ」

「そ、それはそやけど……」

「もうすぐお盆や。仏様をがっかりさせんように、つまらんことでいらちを起こさんといておくれやす」

「かなんなぁ」

怒りを収めた咲夜は、懐かしげに微笑んだ。

十七歳になった我が子の一挙一動は、かつて京の都で才媛《さいえん》と謳《うた》われ、幾多の公達《きんだち》に言い寄られても拒絶するばかりだった咲夜が自ら進んで帯を解き、子をなした唯一の殿御《とのご》——田沼山城守《やましろのかみ》意知に生き写し。

この綾麻呂こそ、田沼の当主とするにふさわしい。

五年前に意知が非業《ひごう》の最期を遂げた時、咲夜はそう決めたのだ。

亡き意知には嫡男で現当主の意明に加えて複数の弟が存在するが、いずれも役不足と言うより他にない。意次に取って代わった定信に誰一人として対抗できず、意明が不遇の身に甘んじていることからも、力が足りないのは明らかだ。

役立たずであるならば、いっそ引導《いんどう》を渡すべきだ。

意次と意知の汚名を晴らし、田沼家を復権するのは咲夜の悲願。

この切なる願いは、綾麻呂を表舞台に立たせることで完遂《かんすい》される。無用の脇役どもを抹殺し、主役だけを活かすために光を当てるのだ。

咲夜が器量を認めた田沼家の男は、亡き意次と意知の父子のみ。

綾麻呂は、その衣鉢《いはつ》を継がせるために育て上げた。

たとえ田沼父子の血を引いていようと、弱き者など無用の存在。

意次の甥でありながら怨敵《おんてき》の定信に使役され、咲夜の悲願を邪魔立てする竜之介は尚のこと、引導を渡さねばなるまい。

しかし、今宵は急ぎの仕事がある。

咲夜の悲願を成就するためには、地道な段取りを積み重ねることが必要だ。

これから果たす仕事も、その段取りの一つである。

「そろそろ行きましょ、お母はん」

「せやな。あんじょう頼むえ」

咲夜と綾麻呂は頷き合うと支度を調え、水茶屋を後にする。

笹竹が流れゆく神田川に背を向けて、二つの影は闇の中へと消えていった。

第一章　七夕《たなばた》からくり

一

綾麻呂が江戸の土を踏んだのは、今日が初めてだった。

旅には慣れているものの、来たばかりでは土地勘が働かない。

千住宿を出て早々に道を誤って南割下水へ迷い込み、図らずも忠の窮地を救うこととなった本所は一帯が平地だったが、日暮れを待って咲夜と渡った神田川の向こうは高台で坂道が続く。江戸は土地の高低差がやけに大きいようだ。

「お母はん、ここはどこですの」

「本郷《ほんごう》いうんや」

綾麻呂に風呂敷包みを担がせ、先に立って歩きながら咲夜が答える。

千代田の御城と呼ばれる前の江戸城は入江に面しており、大川は浅草寺《せんそうじ》の辺りまで湾になっていたという。

この日比谷《ひびや》入江と江戸湾に挟まれた半島状の前島《まえじま》が元々の江戸で、この本郷を含む内陸の高台は太田道灌《おおたどうかん》が築城するよりも遥か昔の、坂東《ばんどう》の猛《たけ》き武者たちが鎬《しのぎ》を削《けず》った時代から変わらぬ天然の台地。徳川将軍家のお膝元は全て人手で作られたのではなく自然の力によって生み出された部分も大きいのだと、綾麻呂は理解した。

「じきに水戸《みと》様のお屋敷が見えてくるよって、そのすぐ先が滝脇《たきわき》松平や」

「確か、小石川《こいしかわ》やて言うてはりましたな」

「小石川の春日町《かすがちょう》や」

「春日町……なかなか風流な名前でんな」

「せやから筆名に使《つこ》たんやろ。お前はんみたいに上手《うま》いこと素性を隠さんと、これ見よがしの名乗りをしよるから命を縮める羽目になりよったんや」

背中越しに語る咲夜の声に同情はなく、むしろ嬉々とした響き。目だけを覗かせた頭巾《ずきん》の布越しに語っていても、人の不幸を喜ぶ質《たち》なのだと分かる。

「はー、生きとる男はあほばっかりやわ」

苦笑いを漏らしながらも歩みを止めず、咲夜は足早に進みゆく。

綾麻呂は肯定も否定もせず、黙って母の後から歩いていく。

日は暮れたものの、人通りが絶えるにはまだ早い。

頭巾を着けた咲夜に倣《なら》い、綾麻呂は網代笠を持参していた。

旅の埃を払った笠で顔を隠し、草鞋に替えて草履履きだが、装束は替えずに水干と袴のままである。通行人から不審には思われまいと、咲夜が判じた上での装いだ。

水干は直垂《ひたたれ》や狩衣《かりぎぬ》、大紋《だいもん》のように公家装束から武家の礼装となってはおらず、公《おおやけ》に着用するのに官位が必要なわけではない。平安の昔は宮中の小役人のみならず庶民も用いた、公家の装いでありながら規制の緩いものだった。

「お母はんの言わはったと通りでんな。誰も気にしよらんわ」

「せやろ。宮司《ぐうじ》になられへん神職か、お札《ふだ》売りとしか思われへんのや」

笹竹を神田川に流した帰りと思《おぼ》しき人々をやり過ごし、母と息子は囁《ささや》き合った。

「お札売りかぁ。旅しとる間は、ほんまに売らせて貰《もろ》てましたけどな」

「せやったんか。お前はんのお札なら、さぞご利益もあるやろな」

「ご利益があったのはこっちですわ。お代の他に心づけを弾んでくれはる人がぎょうさん居たはって、おかげさんで路銀《ろぎん》に不自由せんと済みましたわ」

綾麻呂は懐かしそうに微笑んだ。

屈託《くったく》のない笑顔は、高貴な雰囲気と親しみやすさを兼ね備えている。咲夜が産んだとは信じ難い好青年ぶりであった。

「ところでお母はん、急がんでも宜《よろ》しおますの」

「安心しい。幾ら屋敷内や言うても人目についたらあかんことやからな、夜が更《ふ》けるまで手出しはでけへん」

「せやけど国許から差し向けられよった介錯役《かいしゃく》いうのが、もう着いてますんやろ」

「そのはずや。品川《しながわ》入りが八つ時や言うとったからな」

「細《こま》いとこまでようけ知らせてくれたもんやな。手先に使《つこ》たんは誰ですの」

「屋敷の用人《ようにん》や。江戸雇いの、な」

「口の軽い用人やな。そない大事を、ほいほい他人様に言うてしもて……」

「まぁ、そこらのおなごやったら相手にもされへんやろけどな」

「流石でんな、お母はん」

「大したことあらへんよ。お大尽《だいじん》の隠居やぼんぼんにおたから吐き出させるんは手間やけど、江戸の二本棒は大坂《おおさか》のより楽なもんや」

二本棒とは、大小の刀を帯びた武士の姿を馬鹿にした言葉である。

刀そのものは切れ味鋭い利刀《りとう》でも、持ち主の腕が立たねば棒と同じ。振るっても斬れずに叩くだけだと揶揄《やゆ》される程、当節の武士は剣の技量が未熟な上に、用心深さに欠ける者が少なくないのは事実であった。

「ほんま坂東武者が聞いて呆れるわ。どいつもこいつも笑かしよる」

かく言う咲夜も父親は公家だが母親は武家の出で、先祖を辿れば河内《かわち》源氏。かの源《みなもとの》頼朝《よりとも》や木曽《きそ》義仲《よしなか》と出自《しゅつじ》を同じくする身とあれば、今日びの武士を罵《ののし》りたくなるのも無理はあるまい。

「その二本棒にはうちが引導を渡すよって、お前はんは手ぇ出さんとってな」

「お任せしますわ。弱いもんはできるだけ、斬りたないですよって」

「それでええんや。お太刀の穢《けが》れになる手合いは、うちと兄《あに》さんに任しとき」

声も明るく請け合う咲夜の装いは、白衣《びゃくえ》に羽織袴の男装。

男の身なりをした上で頭巾の下を丸坊主にしているのは、大奥のみならず将軍の御座所である中奥《なかおく》に出入りを許され、連絡役として行き来を許された御伽坊主《おとぎぼうず》と共通の髪型だ。出家《しゅっけ》の姿となるのは、性別を問われぬためである。

上方《かみがた》で評判の源氏読みだった咲夜が江戸に下ったのは、昨年の大火で被災した御所の再建を始めるにあたって朝廷側と意見を調整すべく、直々《じきじき》に都へ上った老中首座の松平越中守定信に見込まれてのこと。籠の鳥暮らしで贅沢に耽《ふけ》りがちな奥女中に教養を授けるためにと、源氏物語の講義を依頼されたのだ。

憎い仇から声がかかり、労せずして懐に潜り込めたのは神の御導き。髪を落とした上に頭を毎日剃る必要があるものの、そのぐらいの手間は苦にもならない。

咲夜が田沼家再興を悲願とするのを、いまだ定信は知らずにいる。

いつでも命を奪える立場となりながら咲夜が敢えて定信を殺《あや》めず、綾麻呂を新たな当主とする田沼家が権勢を取り戻した暁に満を持して全てを奪い、意次が舐《な》めた辛酸《しんさん》以上の苦しみを与えた末にいたぶり殺す日が来るのを心待ちにしていようとは、思いもよらぬことだろう――。


程なく、行く手に構えも豪壮な長屋門が見えてきた。

御三家にして勤皇《きんのう》の志が篤《あつ》いことで知られる、水戸徳川家の上屋敷である。

「お母はん、あれが水戸様のお屋敷どすか」

綾麻呂は足を止め、興味深げに眺めやる。

「せや。なかなかの構えやろ」

答える咲夜の声に、軽んじた響きはない。

「このお屋敷内に学者先生が集まって、大層な史書を作ったはるんでっしゃろ」

「彰考館《しょうこうかん》やな。黄門《こうもん》様のお志を継がはって、代々励んだはるんや」

「何百年かかろうと完成させる意気込みやそうどすな。見上げたもんや」

「せやろ。同じ徳川でも、将軍家よりずっとましやで」

重ねて感心した様子の綾麻呂に、咲夜は頷く。

「そこまでやってはるのに尾張《おわり》や紀州《きしゅう》と違《ちご》て、将軍を出されへんとは勿体《もったい》ない話どすなぁ。その尾張と紀州も御三卿《ごさんきょう》の一橋《ひとつばし》の殿さんにいてこまされて、出る幕はあらへんみたいでっけど」

「どっちみち将軍なんぞはお飾りや。さ、早《は》よ行くえ」

名残《なごり》惜しげな綾麻呂を促して、咲夜は再び歩き出す。

水戸徳川家の近辺ともなれば辻番所の警戒も厳しく、界隈の屋敷から選ばれた足軽が交替で、番人として詰めている。

「なかなかの腕利きが揃てまんな、お母はん……」

綾麻呂は用心深く咲夜に囁いた。

「心配あらへん。堂々としとき」

何食わぬ顔の咲夜は、淑《しと》やかながらも堂々とした雰囲気を放ち進みゆく。

屈強の辻番たちも気圧《けお》されたのか、一度として呼び止められはしなかった。

それもそのはずである。

足軽は軽輩といえども武士。仕える主君に面倒を持ち込むことは望まない。迂闊《うかつ》に呼び止めて問い質《ただ》し、名のある家の奥方と分かってからでは無礼を詫びても遅い。目の前で事を起こされれば話は別だが、楚々《そそ》として夜歩きを楽しんでいるだけならば、見て見ぬ振りをするに限るというものだ。

「な、言うた通りやろ」

「流石ですわ、お母はん」

囁き合いつつ歩みを進め、辻番の目を逃れた二人は春日町に入った。

目指すは駿河小島《するがおじま》一万石、滝脇松平家の上屋敷。

その屋敷内に、選択の余地なき窮地に立たされた男がいた。

二

「うぬはつくづく鼻持ちならぬな、倉橋《くらはし》」

「……………」

行燈《あんどん》の淡い光の下、尊大な口調で告げたのは五十絡みの男であった。

口元に薄笑いを浮かべ、目尻を下げていながらも醒めた眼差し。

相手を心から馬鹿にしたい時に、人間が浮かべる表情だ。

「格好をつけるのは書くものだけにしておけ。その痩せ腕でまともに腹を切れるとでも思うておったのか？　この痴《し》れ者め」

嘲《あざけ》る男は目も鼻も大ぶりで、頬の肉づきは豊か。文字通り、面《つら》の皮が厚い。

二日ほど剃っていないと見える月代は、白髪交じりのごま塩状。肉が二重《ふたえ》になった顎にぼつぼつと生えている、無精髭も同様であった。

恰幅の良い長身に打裂羽織《ぶっさき》と野袴を纏い、太い手足には手甲《てっこう》と脚絆《きゃはん》。草鞋を履いたままで座敷に上がり込み、畳を踏みにじるように仁王立ちしていた。

上屋敷の敷地内に建つ、小体《こてい》ながら住みやすそうな家である。江戸詰めの家来たちの中でも家老や留守居役《るすいやく》にのみ用意される、一軒家の役宅だ。

「武士の風上《かざかみ》にも置けぬくせに、支度だけは行き届いたものだの」

意地の悪さを露わにした男の足下に、三方《さんぼう》が置かれていた。

載っているのは抜き身の短刀。拵《こしらえ》は全て取り去られ、柄《つか》を嵌《は》める茎《なかご》の部分に懐紙《かいし》が巻かれていた。

その短刀を前にした、倉橋と呼ばれた武士も五十絡み。

全体に線が細いのが、死に装束越しにも見て取れる。

身の丈は並だが痩せぎすで、指も細く長めだった。

総じて言えば、華奢《きゃしゃ》に過ぎる。

それでいて神経質な印象はなく、眼差しには力がある。侮蔑した表情を絶えず向けられながらも臆さずに、体格の勝る相手を見返していた。

「どうした倉橋、腰が抜けて動けぬか」

「さに非ず。余りの無礼に呆れておるだけだ」

言い返す声は静かな響き。

「黙りおれ。痴れ者が一丁前のことをぬかしおって」

「痴れ者はおぬしだ、権藤《ごんどう》。独り静かに自裁《じさい》せんとしておるところに案内《あない》も乞《こ》わず、無理やり土足で上がり込むとは、礼儀知らずにも程があろう」

度重なる罵倒に声を荒らげることなく、武士は答える。

膝を揃えて座った姿は自然に背筋が伸び、元より腰が抜けてもいなかった。

しかし、権藤と呼ばれた相手は執拗だった。

「若い頃からひ弱なくせに、口先だけは更に達者になりおって。流石は世に聞こえし恋川春町《こいかわはるまち》先生だとでも言うと思うたか？　調子に乗るなよ、この不忠者めが」

「おぬしこそ相も変わらず猛々《たけだけ》しいな。人相も更に悪うなったぞ」

「うぬっ、よくもほざきおったな」

　権藤が怒号を上げた。

　障子が開け放たれたままの座敷に夜風が吹き込み、砂の混じった埃が舞う。江戸に着いて早々に押しかけた権藤は月代と髭を剃らぬばかりか、道中の埃さえ払いもせずにいたらしい。敷居の向こうの縁側は雨戸が破られ、押し込み強盗のごとく侵入したのが分かる。

「気取った御託《ごたく》を聞く耳は持たん。早々に介錯してつかわすゆえ、そこに直れい」

　埃を撒き散らしながら言い渡し、権藤は左手に提げていた刀を腰に取る。

　人を訪ねた時は刀を座った右脇に置き、立っていれば右手に提げて、すぐには抜けない状態とするのが相手に対する礼儀である。子供の時から右利きに育てられる武士に左利きはいないことを前提とした作法だ。

　押し込み同然に上がり込んだばかりか、武士として最低限の作法も守らない。

　呆れられるのも当たり前だが、権藤は全く恥じてはいなかった。

「俺は同じ釜の飯を食うたよしみで、介錯役に名乗りを上げてやったのだ。あり難く思われこそすれ、文句を言われるいわれはないわ」

恩着せがましくうそぶく権藤に、白装束の武士は静かに告げる。

「それは建前であろう。おぬしの本心は分かっておる」

「何だと？」

「知れたことだ。同じ年で仕官をしながら出世が叶わぬ腹いせに、これ幸いと参ったのだろう。介錯役の名の下《もと》に私をいたぶり殺せると期した上でな」

「無礼を申すな。俺はお年寄衆に」

「自裁に及ぶ様子がなくば刺し殺し、それらしゅう装わせよと命じられたな。古株のお歴々が私を一日も早う亡き者として、殿にご安堵願わんと画策しておられることは先刻承知ぞ」

「………」

権藤は押し黙った。

図星《ずぼし》だったと察した武士の顔が一瞬、暗くなる。

憂いを振り払うかのように、武士は権藤を睨みつけた。

「重ねて申すが、私は独り静かに腹を切る所存。介錯は無用なれば出て行ってくれ」

精一杯に声を張る武士の名は倉橋寿平《じゆへい》。本名は格《いたる》という。

滝脇松平家に二十歳で仕官を果たし、今年で二十六年目。筆が立つのを評価されて主君の側近くに仕え、出世を重ねた末に家老に相当する年寄の一人として藩政の中枢を担い、一昨年には本役の年寄となって百二十石取りの立場を得た。

今年の四月に隠居した寿平が国許に帰されぬばかりか妻子とも引き離され、役宅で謹慎同様の日々を送っていたのは、役目の上で落ち度があってのことではない。

「心得違いを致すでないぞ、倉橋。同じ釜の飯を食うたおぬしに元より恨みなどありはせぬ。俺をけしかけたのはお歴々だ。信じてくれっ」

分厚い頰を強張《こわば》らせ、権藤が訴えかけた。

しかし、思いに耽る寿平に聞こえてはいない。

仕官してから二十六年。思えば長い年月であった。

寿平は滝脇松平家の士として御用に勤《いそ》しむ一方、数々の筆名で狂詩と狂歌、そして戯作《げさく》を手がけてきた。

戯作者としての名は、恋川春町。

文章のみならず挿絵《さしえ》も手がけ、代表作となった『金々先生栄華夢《きんきんせんせいえいがのゆめ》』で人気を博した春町の作風は、和漢の文学の筋立てと登場人物を茶化《ちゃか》し、面白おかしく作り変えると同時に世相や流行まで盛り込んだ物語を絵と文章で立体的に構成したもの。

黄表紙《きびょうし》と称された新たな戯作は、いわば狂詩と狂歌の小説版。茶化された元ネタを知っているほど楽しく読める話の作りは、武士は元より町人も教養として漢詩や和歌を学び、文学にも触れるようになった時代を踏まえたものだった。

「実を申さば、おぬしの戯作は全て読ませて貰うた。何を言いたいのか判じ難きところもあったが、いやはや、大したものだ。おぬしによう似た顔立ちをした男どもの絵姿も堪《こた》えられぬわ」

猫撫で声で権藤が呼びかけている。

寿平には何も聞こえていなかった。

悔恨と共に思い出したのは、進退が窮まった事の発端《ほったん》。

昨年に刊行された『鸚鵡返《おうむがえし》文武二道《ぶんぶのふたみち》』が幕政改革を揶揄した内容であると見なされた春町こと寿平は年明け早々から再三に亘《わた》り、老中首座の松平越中守定信の呼び出しを受けていた。

相手が旗本か御家人ならば目付を差し向けて身柄を押さえ、取り調べに及んだことだろうが、直参に対して陪臣と呼ばれる大名の家臣には、老中首座といえども強硬な手段は取れない。

あくまで任意の呼び出しだったが家臣が問題を起こし、目を付けられたこと自体が主君にとっては恥。しかも失態を犯したのが重役とあっては外聞も悪い。

申し開きをしようにも出頭することは非を認めたに等しく、長年仕えた滝脇松平の家名に瑕《きず》がつく。さりとて呼び出しを無視していれば定信が追及を諦め、全てを不問に付してくれるという保証もなかった。

寿平が去る四月に隠居の届けを出し、息子に家督を譲ったのは、隠居となれば武士としての制約が緩められ、月代を剃ることも、身分の証しに大小の刀を帯びることも義務づけられなくなるからだ。

現役を退き、浪人や元服前の少年と同じ立場となれば責任も追及されまい。

そう見込んで隠居をしたものの、定信の呼び出しは続いている。

目を付けられた時点で、進退窮まっていたのだ。

切腹の支度は寿平が自分で調《ととの》えたもの。

主君は元より他の年寄からも、命じられてはいなかった。

本音を言えば、切腹などしたくはない。

上級藩士の身で筆を執りながらも、寿平は忠義を第一に生きてきた。

戯作も狂歌も日々の勤めを抜かりなくこなした上での余技であり、版元《はんもと》からは礼金も受け取ってはいなかった。

にもかかわらず、なぜ死ななくてはならぬのか——。

「うぬが存念はよう分かったぞ倉橋。成る程のう、真に見上げた心意気だ」

無念を嚙み締める寿平の耳に、しらじらしい褒め言葉が聞こえた。

権藤は出て行く素振りも見せず、どっかと畳にあぐらを掻いている。

「どういうことだ、権藤」

「倉橋寿平が最期を、しかと見届けてやろうというのだ。介錯などと差し出がましい真似はもはや致さぬゆえ、見《み》ん事《ごと》腹を切ってみせい」

「……………」

寿平は二の句が継げなかった。

開き直った権藤に対し、顔が青ざめている。

死にたくないと自覚した途端、急に体が震えてくる。

「何としたのだ、ん？」

大きな顔を醜《みにく》く歪ませ、権藤は楽しげに笑っていた。

三

夕闇の中、風見家の笹竹が神田川を流れゆく。

暗い川面に色とりどりの短冊と紙細工を漂わせ、前後して神田川に投じられた他の家々の笹竹と共に、ゆるゆると遠ざかっていく。

「さようなら！」

「さようならー」

無邪気に声を張り上げて、仁と末松は笹竹に別れを告げた。

忠は無言で合掌し、隣に立つ孝も黙って手を合わせる。幼子たちに付き添う留太も川面に向かって両手を合わせ、黙々と祈りを捧げていた。

とりわけ幼い二人と違って、年嵩の三人は七夕という行事に込められた、いま一つの意味を知っている。笹竹に吊るす短冊に願い事をしたためて、歌道に書道、音曲《おんぎょく》から裁縫に至る諸芸の上達を祈願するのは七夕の華やかな、表向きの一面でしかないことに子供ながらも気づいていた。

屋根の上に笹竹を高々と掲げるのも、日が暮れて川へ流すのも、先祖の霊を迎える盂蘭盆会に先駆て、餓鬼精霊《がきしょうりょう》を弔う供養の儀。

昨今の江戸市中では毎日のように無宿人が命を失い、在所も菩提寺《ぼだいじ》も定かではない無縁仏として葬られている。飢えきって死んだがゆえに餓鬼と成り果て、人には見えぬ異形《いぎょう》の姿で市中を徘徊《はいかい》する霊は日々増えるばかりだった。

それは留太と末松も竜之介と知り合い、風見家に引き取られていなければ遠からず至ったであろう末路だ。他人事《ひとごと》ではないと思えばこそ、忠も孝も自《おの》ずと真摯《しんし》に祈らずにはいられない。

祈りを捧げる少年少女の遥か頭上に、星々の瞬《またた》く夜空が見えてきた。

今し方まで空を覆っていた雲が動いたのだ。

淡く光る天の川の両側に、朧《おぼろ》げながら二つの星が見て取れる。

夫婦仲が良すぎる余りに機織りと牛飼いの神としての役目を怠り、激怒した天帝《てんてい》に仲を裂かれてしまったものの、年に一度だけ天の川に架けられる橋を渡って会うのを許された、織女と牽牛である。

「あっ、おほしさまだ！」

真っ先に気づいたのは仁だった。

「あーん、まってよう」

嬉々として駆け出したのを、末松がトテトテと追っていく。

「どこへ行く!?　私から離れるなっ」

合掌を解いた忠が、慌てて二人に呼びかける。南割下水で襲われた恐怖が甦っての動揺だったが、幼子たちは元より孝と留太も、当の忠が明かさずにいる事件のことは何も知らない。

「大丈夫だ。おいらに任せてくれ」

そう忠に告げるなり、留太が後を追って走り出す。

「大事ありませんよ、兄様《あにさま》」

後を追おうとした忠を孝が押しとどめた。

「これ、離さぬか」

「留太さんにお任せしましょう。ね？」

「さ、されど」

「お分かりになりませんか。あの人は、叔父さまのお申しつけを守りたいのです」

「む……」

「お屋敷を出る時に留太さんが供を買って出てくれたのも、お役に立ちたい気持ちがあってのことでしょう。お世話になったご恩返しをせずにはいられないんですよ」

「そういうことか……されど、万が一のことがあったら何とするのだ」

「万が一、と申しますと？」

「私たちより年が上とは申せど、留太もまだ子供だぞ。この人混みに一人きりで分け入って、幼子を二人も連れ戻すのは難儀であろう」

「ご心配には及びません。叔父さまは抜かりなく、こちらを見守っておられます」

「どういうことだ」

「父上が遠眼鏡《とおめがね》をお持ちなのは、兄上もご存じでしょう」

「もちろん存じておる。主殿頭様から頂戴した、大切なお品であろう」

「叔父さまが借り受けられ、こちらに持って来ておられます」

「あの遠眼鏡を……真か？」

「はい。お使いを頼まれた帳助さんが叔父さまに渡されるところに、私も居《お》りました」

「されど、それは星を眺めるためであろう」

「兄様、叔父さまは左様に風流なお方ではありませぬよ」

「されば一体、何のために……！」

忠は言葉を切るなり、慌てて周囲を見回した。

「お分かりになられたようですね。では兄上、私たちは心置きなく夜のお空を楽しみましょうか」

にっと笑って、孝は兄に寄り添った。

「ふっ、孝が種明かしをしたらしいな」

おませな姪の笑顔をレンズ越しに眺めやり、竜之介は苦笑した。

見晴らしの良い土手に立ち、覗いていたのは遠眼鏡。

井原西鶴《いはらさいかく》が『好色一代男《こうしょくいちだいおとこ》』に登場させ、主人公の世之介《よのすけ》の早熟ぶりを示した当時は発明国でもあるオランダからの輸入に頼るばかりであったが、享保《きょうほう》の頃から国産化が始まり、天体観測や測量にも活用されるようになって久しい。

清志郎が竜之介に貸し与えたのは生前の意次が費《つい》えを惜しまず、長崎《ながさき》の職人に腕を振るわせた特注品。小ぶりながらも感度は高く、慌てふためく忠の表情が鮮明に見て取れた。

「へへ、殿様もお人が悪うございやすねぇ」

竜之介の傍らで破顔一笑《はがんいっしょう》したのは、中間頭《がしら》の又一《またいち》だ。

「左様に申すでない。良き折なれば、試させて貰うておるだけだ」

竜之介が口にした『試し』という言葉には、二つの意味が込められていた。

一つは文字通り、兄から借りた遠眼鏡の使い勝手を試すこと。

いま一つは竜之介の行動を監視している者を見つけ出すことを試みて、あわよくば黒幕と目的を突き止めることだった。

この春に将軍付きの奥小姓《おくごしょう》として御役目に就いて早々、竜之介は周囲に監視の目が光っていることに気がついた。

風見家に婿入りし、義父の多門《たもん》から家督と共に引き継いだ小納戸《こなんど》の御役目に就いていた一年間にはなかったことだ。家斉の目に留まり、小納戸から奥小姓に抜擢されて以来、急に感じ始めた視線であった。

十中八九、黒幕は定信だ。

同じ将軍の世話係でも、小姓は将軍の御側で過ごす時間が小納戸よりも長い。

小納戸は御膳番《ごぜんばん》が食事のみ、御髪番《おぐしばん》が結髪《けっぱつ》に髭剃りのみと、限定された御用だけを仰《おお》せつかるのに対して小姓は将軍の生活全般に関わるため、自《おの》ずと親しくなりやすいことから、出世の足がかりとする旗本も多かった。

過分な出世など望んでもいない竜之介だが、定信はそうは思うまい。

分家の出、それも次男とはいえ竜之介は意次の甥。己の立場は考えずとも田沼家の再興を画策し、いつ家斉に働きかけるのか分かったものではない——。

竜之介は無言で遠眼鏡を覗き続ける。

見た覚えのある顔が、目に留まった。

土手の下からこちらを盗み見ていたのは定信の近習番《きんじゅばん》。連れの者に左内《さない》と呼ばれていたのを、竜之介は耳にした覚えがあった。

近習番が、しかも供を連れずに笹竹を流しに来たとは考えられなかった。

まして定信の屋敷は老中首座として拝領した西の丸下の役宅で、大名として治める白河《しらかわ》十一万石の上屋敷は八丁堀《はっちょうぼり》。離れた神田川まで来るはずがない。

側近くに仕える近習番をわざわざ出張《でば》らせたということは、竜之介は定信にとって軽視できない存在なのだろう。

この疑いを打ち消すのは、容易なことではあるまい。

「……………」

竜之介は遠眼鏡の向きを変えた。

風見家の笹竹が川面を流れているのが見える。

夫婦星の逢瀬《おうせ》を祝し、今年の七夕に竜之介が用意した笹と竹は下城中、竹藪で自ら刈り取ってきたものだ。

短冊と紙細工は、子供たちが小遣いを出し合って用意した。

五色の短冊は出来合いが売られていないため色紙《いろがみ》を買い求め、長さを揃えて切り分けた。紙細工の材料にした色紙は、短冊にした余りの端切れである。

その短冊と紙細工も、既に夕闇の向こうに流れ去った。

大人も子供も手間を惜しまずに用意した七夕飾りの行き着く先は、神田川と両国橋のところで合流している大川。その先は外海《そとうみ》に面した江戸湾だ。

江戸前の海は、遠い異国とも繋がっている。

それは天の川が見える夜空も同じだが、異国の進んだ技術を以てしても鳥のごとく空を飛ぶことはできない。されど海原は、船さえ使えば越えられる。

四方を海に囲まれた日の本は、攻め込まれる危機に瀕しているという。

そう世に問う男のことが、ふと竜之介の脳裏に浮かんだ。

男の名は林子平《はやししへい》。仙台《せんだい》六十二万石の伊達《だて》家に仕えながらも自ら望んで致仕《ちし》し、五十となった一昨年から『海国兵談《かいこくへいだん》』と題する書を自費で出版し始めた浪人だ。

竜之介は千代田の御城中で定信が平家蟹を思わせる渋面《じゅうめん》を更に歪め、子平が人心を惑わす危険な存在であると家斉に訴えかけるところを、一度ならず目にしていた。

定信は全巻が刊行されるのを待ち、断罪するつもりでいるらしい。

意次ならば何と度量が狭いことよと定信を一笑に付し、罰するのではなく御政道の役に立たせるべく取り計らっただろうが、定信に同じ配慮は期待できまい。

いずれにせよ、竜之介は口を挟めぬ問題であった。

小姓は将軍の御側近くに仕える役目がら、幕閣のお歴々が御政道に意見を述べる場に同席する。まして竜之介は同役の水野忠成《みずのただあきら》と共に家斉に気に入られ、政務中の御刀持ちを仰せつかることが多い。

千代田の御城中で執務する者は老中首座から門番まで、御用の上で知り得たことを口外するのを禁じられている。

口約束だけではない。御役目に就く際に血判《けっぱん》を捺《お》した誓紙《せいし》を差し出し、禁を破った時は腹を切り、自裁すると誓わされるのだ。

元より竜之介は自重を第一に生きている。本来ならば悪名高い田沼意次の甥として白眼視され、兄の清志郎と同様に御役目に就けぬ身の上だったのだ。今の立場となり得たのは、僥倖と言うより他にあるまい。

これも代々の当主が小納戸の御役目を全うし、歴代将軍の信頼も篤い風見家に婿として迎えられた上、若き将軍の家斉が偏見を持たずに引き立ててくれればこそ。

この恩だけは、仇《あだ》で返すわけにはいくまい。

「殿様？」

又一が心配そうに声をかけてきた。

竜之介が川面に遠眼鏡を向けたまま、じっと動かずにいたのを案じたらしい。

「大事ない」

言葉少なに答えると、竜之介は遠眼鏡を構え直す。

近習番は既に姿を消していた。

四

そんなこととはつゆ知らず、留太は川辺を走り回っていた。

笹竹を流した後、しばし子供たちだけで自由に行動することを許してくれた竜之介の信頼を裏切るわけにはいかない。

今年で十三になる留太は、年貢《ねんぐ》を納められずに逃散《ちょうさん》した村の生まれである。

江戸を目指す道中で両親を含めた大人たちと死に別れ、共に生きて辿り着いた末松とりんの三人だけで露命を繋いできたものの、無理も長くは続くまいと、生きることを半ば諦めかけていた時に、竜之介と出会って救われた。

竜之介を当主とする風見家は、奇特《きとく》な人々の集まりだ。

留太はそれが分かるほど、人間の汚い部分を目の当《ま》たりにし続けてきた。

末松とりんも同じである。

今年で八つの末松が年の割に幼いままで、五歳の仁と変わらぬほど成長が遅いのは両親の死を初めとする悲惨な現実を受け止めきれず、さりとて逃避する余裕など皆無の環境に、否応《いやおう》なく置かれていたがゆえのこと。

逆に留太とりんが大人びているのは幼子同然の末松を守るため、気も体も張るより他にない日々を重ねてきたがゆえだった。

神田川に集まった人々は、笹竹を流した後も帰らずにいた。

人垣を成し、天の川と夫婦星を嬉々として仰ぎ見ていた。

風見家の中間衆も川辺に立ち、夜空を眺めていた。

「おお、ついに夫婦星のお出ましだぜ」

「おっと、兄いは逆に頭を引っ込めておくんなさい。そんな助平面《すけべいづら》で遠慮もなしに覗かれたんじゃ牽牛さんが萎《な》えちまって、子作りどころじゃありやせんや」

文三が笑顔で空を見上げた途端、勘六が容赦なく毒舌を叩いた。

「今夜ばっかりは勘の字の言う通りでござんすよ。織女さんの怒髪《どはつ》が天を突いちまわねぇように、ほっかむりでもなすったらどうですかい？」

勘六に続いて瓜五まで、身も蓋もないことを言い出した。

「おいおい瓜五、ほっかむりたぁ言い過ぎだろ」

「まだ足りねぇぐらいでさ。できることなら虚無僧《こむそう》みたいに天蓋《てんがい》でもすっぽり被って頂かねぇと、いつ土砂降《どしゃぶ》りになるか分かったもんじゃありやせんや」

「このやろ、色男だからって調子に乗るない！」

けなされまくる文三をよそに、孝は夜空を見上げてうっとりしていた。

「綺麗なお星様ですね、兄様」

「そ、そうだな」

留太を信じて待つことにはしたものの、おませな妹に甘えかかられては少年剣士も形無しである。

そんな兄の心配をよそに、仁は末松と二人して歓声を上げていた。

「わぁ！　すごい、すごい！」

「よくみえるねぇ」

嬉々として夜空に見入る幼子たちは、鉄二の肩の上に乗っている。

近くにいたはずの忠らとはぐれたまま見知らぬ大人たちに囲まれてしまい、泣き出しそうになっていたところに鉄二が駆けつけ、引っ張り上げてくれたのだ。

肩車をされている子供は他にもいたが、鉄二は文字通り六尺豊かな大男である上に筋骨隆々。その肩に乗った仁と捨松は人垣を軽く越え、周りの大人たちを見下ろす形となっていた。

「てつおじちゃん、ありがと」

笑顔で礼を述べるや、末松が更に高々と持ち上げられた。

「わーい！」

続いて同じ高さに持ち上げられた仁も大喜びだ。

外見が厳《いか》めしい上に無口な鉄二だが、気性は優しく子供好き。左右の肩に一人ずつ座らせた幼子たちがはしゃぎすぎて下に落ちてしまわぬように手を添え、さりげなく支えておく気遣いも忘れてはいない。

そんな一同の姿を、竜之介は土手の上から見守っていた。役目を果たした遠眼鏡は持参の袋に納めた上で、袖の下に隠してある。

「おじうえー！」

人垣の上から誇らしげに手を振る仁に、竜之介は笑顔で頷き返した。

傍らに控える又一も、苦み走った顔を綻《ほころ》ばせている。

「殿様、留を呼んでも宜しゅうございやすか」

「構わぬ。そうしてやってくれ」

「あり難うございやす」

即座に答えた竜之介に頭を下げると、又一は機敏に人垣に割って入った。

程なく引っ張って来られた留太は気まずい面持ち。自分も群衆に巻き込まれたまま仁と末松を庇いきれず、鉄二の手を借りてしまったのが心苦しいのだろう。

「大儀であったな」

「でも殿様、おいらは」

「いいんだよ、留。鉄に任しておきねぇ」

「カシラ……」

「いつも言ってるだろ。昔はともかく、今は周りの連中を頼っていいって」

「でも」

「もちろん頼るばかりじゃいけねぇが、お前はよくやってるからな。持ちつ持たれつでいいんだよ」

「………」

旗本は禄高に応じて家中の頭数《あたまかず》が定められており、無宿人だった三人の少年少女は正式に奉公をさせたわけではないものの、風見家の人々に厚意を以て受け入れられている。不愛想ながらも勤勉な留太に又一は目を掛け、来年には前髪を落として大人の仲間入りをさせ、中間にしてやってほしいと、かねてより竜之介に願い出ていた。

「それにしても大した人出でございやすね、殿様」

留太が落ち着いたのを見届けて、又一が竜之介に告げてきた。

「うむ、夜遊び帰りの者も多いからな」

「明るいとこじゃ星は拝めねぇですからね」

そんなやり取りをしている間にも、周りの人垣は増える一方。

のみならず流れゆく笹竹の間を縫い、神田川を遡《さかのぼ》ってくる船も多い。

去る五月二十八日に川開きをした江戸では、八月二十八日まで船遊びが解禁されると同時に夜間に商いをすることも許されるため、神田に近い両国橋西詰の広小路では見世物小屋や芝居小屋、軽食を売る屋台店が昼間と変わらずに営業中。

神田川沿いに連なる水茶屋も早々と暖簾を仕舞ったのは一軒だけで、十分な儲けが見込める人出とあって、どの店も惜しみなく行燈を灯していた。

「さて、引き上げようぞ」

「心得やした。急ぎ集めると致しやしょう」

「私は子供らを連れ参るゆえ、おぬしは配下の衆を頼む」

「合点《がってん》でさ。留、殿様のお側から離れるんじゃねぇぞ」

竜之介の命《めい》を受けた又一は、先んじて人垣に割って入る。

最初に捕まえられたのは、星空を独り寂しく眺めていた文三だった。

「おう文の字、覗きはそのぐれぇにしておきな。お前の助平面のせいで、牽牛様のお大事さんが役に立たなくなったらどうすんでぇ？」

「ひでぇな、カシラまで」

「何でぇ、勘の字に先を越されちまったか」

「瓜五にも言われやしたよ」

「あいつらはほんとに仲がいいな……で、つるんでどこに行きやがったんだ」

「あそこでさ。相も変わらずモテてやがりますよ」

文三が指さす先では、瓜五が二人の女に取り合いをされていた。

「何でぇ、どっちも如何物《いかもの》じゃねぇか」

「へい。珍しくお座敷がかかったようでございやすねぇ」

近くの置屋《おきや》の芸者たちだ。お座敷帰りの猪牙《ちょき》の上から目敏《めざと》く見つけ、降りて早々に捕まえたらしい。

「いいじゃないのさ瓜《りゅう》さん、広小路まで繰り出そうよう」

「ちょいと、先に声をかけたのはあたしじゃないか！」

「不細工はお黙りな。何だいその顔、河豚《ふぐ》が幾ら化粧をしたって無駄だよう」

「痩せぎすのあんたよりましだよ。地黒でぎょろ目の鰻《うなぎ》みたいな顔をして、あたしの瓜さんにべたべたすんな！」

「河豚があんまり怒るもんじゃないよう。顎のぼつぼつが目立つじゃないか」

「そっちこそ汗っかきを何とかしなよ。あんたに扇子を貸すとぬらぬらしてて、それこそ鰻みたいじゃないか！」

「姐《ねえ》さんがたも兄さんも、いい加減になせえやし。そろそろお屋敷に戻らねぇと……」

見かねた勘六が宥めても芸者たちは聞く耳を持たず、瓜五の手を離さない。

「がっつきすぎると嫌われやすぜ。錦鯉だって目ぇかっ開《ぴら》いて餌《えさ》をぱくつく様は見られたもんじゃねぇでしょうが？」

「うるさいよう、金魚の糞は引っ込んでおいでな」

「言い過ぎだよ。あたしが鰻なら穴子《あなご》にしときな！」

「それじゃ格が落ち過ぎでさ。太刀魚《たちうお》にしてくだせぇ」

「そいつぁ大きく出過ぎだぜ勘の字。鱧《はも》でいいだろ、鱧で」

騒ぎの火元の瓜五は満更でもないらしく、両手に花で脂下《やにさ》がっている。

「しょうがねぇなぁ。文の字、お前が連れてきな」

「へーい」

溜め息交じりで又一に命じられ、駆けていく文三もうんざりした面持ちだった。

五

合流して神田川を離れた風見家の一行は、二手《ふたて》に分かれた。

「ほんとにお供は宜しいんでございやすか、殿様？」

「元より目と鼻の先なれば大事ない。この子らを送り届けたら早々に帰るゆえ、おぬしたちは先に参れ」

又一にそう告げると、竜之介は歩き出す。

後に続くは忠と孝、仁の三人。

甥と姪のみを連れて向かうは、同じ神田の岩本町。

田沼の分家にして旗本二百石の家督を継いだ兄の屋敷は、竜之介が生まれ育った家でもあった。

旗本は格に応じて屋敷の広さを決められており、二百石から九百石は五百坪。土地と屋敷は将軍家から拝領したものだが維持費は自己負担だ。維持する必要があるのは軍役《ぐんえき》に基づく家来の数も同様で、いくさとなれば騎馬武者となる旗本たちは日頃から馬を養っておく必要もある。

何かと支出が多い反面、旗本も御家人も俸禄は永年《えいねん》一定だ。格上の御役目に就くと足高《たしだか》を支給され、特別に役料が付く場合もあるものの、恩恵に浴することができる者は限られている。殆どの家は収入が支出に追い付かず、旗本の中では格の高い石《こく》取りといえども暮らし向きは苦しくなるばかりであった。


「かたじけない、竜之介」

子供たちを送り届けた竜之介は清志郎の私室に通され、久方ぶりに兄弟二人だけで膝を交えていた。無沙汰を詫び、遠眼鏡を謹んで返却した上でのことだった。

「何ほどのこともありませぬ、兄上」

「おかげで子らも喜んでおる。重ねて礼を申すぞ」

短冊を持って来させ、風見家の笹竹に吊るすようにさせたことへの謝意だった。

竜之介も日頃は直に出向かず、お互いに家中の者のみを行き来させている。

兄弟仲が悪いわけではない。

当年取って三十二の清志郎は、竜之介より八歳上だ。

弟が生まれた時点で既に学問も武芸の稽古も始めており、元服する頃には二十歳を過ぎて心身共に大人となっていて、嫁を迎えたのも先だった。

竜之介の成長は、清志郎に助けられた部分が大きい。

面倒見のいい兄だった。竜之介とは常に先達《せんだつ》の立場で接し、自分が育つ過程で失敗したことを弟には繰り返させまいと恥じずに明かした上で、具体的な対策を教える労を惜しまなかった。

武家に限らず町家でも息子の教育は他人に任せ、代々に亘《わた》って受け継がせることが必要な技芸を伝える家でもない限り、父親は自ら指導をしないのが常である。

家の格が高ければ尚のことで、学問も武芸も出した成果を当人に報告をさせ、出来が良ければ褒めて褒美を与え、不出来であれば叱って奮起を促しはするものの、直に手ほどきをするまでには至らぬものだ。

そんな清志郎は長男として家督を継いで久しいのに、いまだ無役の身の上だ。

理由は明白であった。

亡き伯父の意次に取って代わって松平越中守定信が老中、それも首座となった上に将軍補佐を兼任して旗本の人事を含む、御政道の実権を握っているからだ。

清志郎は幼い頃から学問に長《た》けている上に容姿も人並み優れ、意次が存命だった頃には分家と申せど流石は美男子が多い田沼様のお血筋と、評判を取ったものだった。

それほどの人物でありながら、一向に御役目に就くことは叶わない。

万事を控えることに徹し、鯉のぼりや笹竹さえ屋根に立てることなく過ごしているのに、定信は一顧《いっこ》だにせずにいる。

分家の当主にすぎぬ清志郎さえ、ここまで睨まれているのだ。

田沼の本家を継いだ意明がいまだ家斉に拝謁《はいえつ》できずにいるのも、遺憾ながら無理のないことと言わざるを得まい。

「時に竜之介、本日の七夕の儀にも意明様はご登城が叶わなんだようだな」

清志郎がおもむろに問うてきた。

「兄上、それは」

竜之介は言葉に詰まる。中奥勤めの責として答えられぬことだが、在府の諸大名が一堂に会する中に、二人の身内である青年大名の姿はなかった。

「分かっておる。実は大手御門まで出向いて確かめたのだ。御役目がら、おぬしは存じておっても申せぬことゆえな」

「……………」

「分家が万事を慎んでおっても、何の役にも立たぬのだな。子らにまで辛抱をさせて参ったことが、急に馬鹿らしゅうなったよ」

「兄上……」

「松平越中守め、許せぬ」

端整な顔を歪めて、清志郎は吐き捨てた。

温厚な兄が怒りを募らせずにいられぬ様を、竜之介は黙って見ていることしかできなかった。

「忠を拐《かどわ》かしおった下手人どもの求めに応じ、あやつを斬り捨てるべきであったかもしれぬな」

「兄上っ」

竜之介は思わず声を荒らげた。

「ただの愚痴だ。許せ」

清志郎は力なく微笑んだ。

「子供らが聞いたら何とするのです。二度と申されますな」

「相分かった。おぬしと違うて技量もなき身で、口にすべきことではあるまいよ」

「兄上には私は元より、余人も及ばぬ学がございます」

「役にも立たぬ学問よりも、道場通いに時を費やすべきであったな……」

「……」

無念そうに呟く兄を、竜之介は痛ましげに見つめていた。

六

七夕の夕餉の献立は、冷やし素麵《そうめん》が定番である。

茹でたてを水で締め、器に盛りつけた様を天の川に見立てて楽しむ趣向だが、米が不作でも収穫が見込める小麦が材料とあって、贅沢品とは見なされない。

定信も眉を顰めることなく、半盛りにさせた素麵を独り静かに手繰《たぐ》っていた。

ここは西の丸下に拝領した役宅の奥にある、書斎を兼ねた私室。女人には立ち入りをさせず、側近の近習たちが身の回りの世話を焼いていた。

「殿」

「左内か。入れ」

「ご無礼をつかまつりまする」

食事を終えたところに訪れたのは、近習番の水野為長《みずのためなが》。定信が幼少の頃から側近くに仕えてきた、家中における一の腹心《ふくしん》だ。

「して、どうであった」

「春日町のお屋敷にございますが、別段、目立った動きはございませぬ」

「恋川……倉橋を国許に落ち延びさせた様子はないか」

「いえ」

「されば、いまだ屋敷内におるのだな」

「は」

「辛抱強いことだの。いや、諦めが悪いと申すべきか」

「そろそろ観念すべき頃合いでございましょうに」

「戯作を手がけることで鍛えられたのだろう」

「ご辛抱強さで殿に敵《かな》うとは思えませぬ」

「さもあろう。一万石とは申せど大名屋敷に強《し》いて立ち入るわけには参らぬ以上、根《こん》競べをするしかあるまい」

「心得ました。時に殿、風見竜之介にございまするが」

「何ぞ変わったことがあったか」

「笹竹の川流しに遠眼鏡を持参し、あちこちに向けておりました」

「ふむ、胡乱《うろん》な真似だの」

「人垣に紛れ込んだ子供を探し出し、中間を差し向けておりましたゆえ、迷子の用心と思われまする」

「ならばよい。引き続き頼むぞ」

「はっ」

為長は一礼し、配下の近習を呼ぶことなく膳を下げた。

遠ざかる足音を耳にしながら、定信は黙って目を閉じた。

老中首座と将軍補佐、更に奥勤めまで兼任する身は忙しい。

前《さき》の老中だった田沼主殿頭意次が乱した御政道の立て直しは容易ではなく、何より予算に窮していた。

抱える案件は数多いが、とりわけ頭が痛いのは旗本と御家人の暮らし向きだ。

格下の御家人は元より旗本も内証が苦しく、札差に借金を重ねるばかり。いずれも所領を与えられた石取りに対し、蔵米取《くらまいど》りと呼ばれる者たちである。

彼らの俸禄である蔵米は諸国の天領から江戸に運ばれ、大川沿いに設けられた御米蔵に保管した上で現物支給する。その受け取りを代わりに請け負い、自家消費する分を屋敷に届けて残りは換金し、手数料を稼ぎとするのが札差の本来の生業《なりわい》だ。

その札差が旗本と御家人に貸した金の担保として、膨大な量の蔵米を押さえている。

武士にとって唯一の収入である米は、商人にとっては投機の対象だ。

大坂の堂島《どうじま》米市場では先物《さきもの》を含めた米相場の取引で、莫大な金が日々動く。自前の資金で相場を張って儲けるのは元より裕福な豪商で、その利益は貧しい者には殆ど還元されず、多くは札差を初めとする商人に元手として貸し付けられ、豪商を更に儲けさせる。

米相場は、食糧として米が売られる値段も左右する。

上がれば蔵米の価値は高まるが米の値は物価の指標であるため、高くなりすぎると諸色《しょしき》の値上がりを招き、武士の家計も苦しくなる。自給自足で暮らしているわけではなく、生活に必要な品は金を出して購《あがな》わなければならないからだ。

どこまで行っても悪循環。御政道を担う定信は頭が痛くなるばかり。

勘定奉行からの報告によると、旗本と御家人が札差に借りた金の総額は、既に元利合わせて百万両を超えているという。

公儀が返済を支援するにしても、生半可《なまはんか》なことでは焼け石に水だ。思い切った手を打たねば解決するには至るまい。

解決の案そのものは既にまとまっている。

後は実行に移すのみだが、いまだ定信は迷っていた。

「札差どもの反発は必至……子供でも分かる理屈だの」

蚊遣《かや》りの煙が漂う中、定信は顔を顰める。かつては柔和な目鼻立ちをしていたのが平家蟹のごとく厳めしい面構えとなったのは、一昨年に老中首座に抜擢されてからのことであった。

七

風見家の台所にも人数分の素麵が用意されていた。

土間のへっついでは大釜に湯が沸いており、つゆと薬味も支度済み。後は竜之介らが帰宅するのを待ち、茹で始めるばかりとなっていた。

そうめんは一把《わ》ずつ、端を糸で結《ゆ》わえてある。

形良く茹で上げるためのひと手間は、節約すれども手間を惜しまずに風見家の台所を預かり、夫の彦馬《ひこま》と共に家計を支えてきた女中頭《がしら》の篠《しの》の身上の顕れだ。

素麵に添える薬味も、篠は費えを省くと同時に手間をかけていた。

千切りにした生姜《しょうが》と茗荷《みょうが》は、屋敷の庭に畑を作って育てた。生姜は同じ畑で連作をすることができないが、ちょうど今年は収穫できる年である。

甘辛く煮て刻んだ椎茸も屋敷で栽培した。原木は風見家の所領の村から献上されたものて、収穫するたびに休ませながら大切に用いている。

素麺だけでは食べ足りない男たち、特に中間衆のために稲荷寿司《いなりずし》が用意され、酒の支度も調っていた。

「あー、疲れた」

新入り女中の花《はな》にしてみれば、厄介《やっかい》この上ないことである。

篠の目を盗んで土間でぼやいている間も、りんは黙々と洗い物をしていた。

「おりんちゃんはまめだねぇ」

「いいえ、あたしなんてまだまだです」

「謙遜しなくってもいいじゃないのさ。留ちゃんも松ちゃんもなついてるし、あんたはいいお母さんになるだろうね」

「………」

気軽に語る花に、りんは黙って背を向ける。

そこに篠が戻ってきた。

「お花、その桶《おけ》に水を汲んでおきなさい」

「女中頭様、さっき汲んだばかりですよ」

「素麺を茹でた後は揉み洗いの手間と水を惜しまぬのがこつなのです。さ、早う」

「分かりましたよう」

お花は大儀《たいぎ》そうに桶を手にした。

井戸端に出ると、竜之介が歩いてくるのが見えた。

「あっ、殿様！」

たちまち顔を輝かせ、お花は駆け寄っていく。

「お花か」

「お帰りになられたんですね。お迎えもせずにすみません」

「おぬしの持ち場は台所であろう。気に致すには及ばぬぞ」

「ありがとう存じます」

「されば、励めよ」

笑顔で告げ置き、竜之介は馬小屋に向かった。

愛馬の疾風《はやて》の顔を見るためだ。

「おお、汗を流して貰うておったのか」

「ぶるぅ」

あるじに向かって嘶《いなな》く声は、甘えた響きを帯びている。

その間も二人の若い中間は手を休めず、せっせと駿馬に水をかけてやっていた。汗が滝のごとく湧き出る夏場の馬は、こまめに体を冷やしてやらねば参ってしまう。手間と力を要する作業に黙々と勤《いそ》しんでいたのは、左吉と右吉。いまだ見習いの茂七と違って、竜之介の愛馬である疾風の世話を任されている双子の中間は共に十九歳。今年で十八になるお花を含めた四人は、風見家が代々の所領としてきた、信州《しんしゅう》の山村の生まれである。

「殿様、お夕餉のお支度が調いました」

「うむ」

花の呼びかけに一言返し、竜之介は馬小屋を後にする。

大事な馬の世話を託した双子の中間は無口ながら、いつも陰日向なく働いている。

左吉と右吉が来るまでは箸をつけず、皆も待たせておくつもりであった。

八

江戸市中で見かける井戸の殆どは地下水ではなく、水道水を汲《く》む備えだ。

上水井戸もしくは水道井戸の造りは簡素で、井桁《いげた》がない蓋付きの桶。下の地面には同じ桶の底板を抜き、逆さにしたものが樋《ひ》に達するまで二つ三つと重ねて埋められている。樋に繋げる一番下の桶だけは底を抜かずに上水を溜め、先に釣瓶《つるべ》が付いた竿を下ろして汲み上げる。風見家が井戸浚いを専門の職人に頼まず、家中の中間衆だけで済ませることができたのも、浅めの造りであるからだ。

しかし地下の水脈と繋がっている掘り抜き井戸は、素人《しろうと》の手に負えない。

上水井戸に滑車を用いるのは浚う際、底に溜まった汚れを水と一緒に掻き出す作業ぐらいだが、掘り抜き井戸には櫓《やぐら》の付いた滑車が必須。七夕の井戸浚いも職人に頼むより他にない。

年に一度の稼ぎ時とあって朝から引っ張りだこの井戸職人も日暮れと共に、祝儀が添えられた手間賃を懐にして家路に就く。

その職人は大名屋敷での仕事を終えた後、一人の武士に会いに出向いた。

待ち合わせに指定されたのは、大川端の船着き場。

迎えの屋根船は船宿のものではなく、その武士が仕える大名家の自家用船。川開き中の大川に繰り出した豪商たちも瞠目《どうもく》する、堅牢で軍船めいた造りだった。

「流石は佐竹《さたけ》様、ご立派なもんでございやすねぇ」

「世辞はいらぬ。それよりも、首尾を申せ」

船足の速さに感心するのを相手にせず、武士は職人を促した。家中でも高い地位にあるらしく、頭巾で顔を隠している。

「お申しつけ通りに致しやしたよ。用人見習いの猪田《いのだ》様に井戸の底から拾った態《てい》で渡しておきやした」

「猪田文吾《ぶんご》だな。あやつならば間違いのう、摂津守《せっつのかみ》様にお渡しするであろうよ」

「あの堅物《かたぶつ》をご存じなんですかい？」

「必要なことは全て事前に調べた。むろん、おぬしの素性もな」

「脅さねぇでおくんなさい。それより先生、約束は必ず守ってくだせぇよ」

「分かっておる。柄井《からい》には既に話を通しておいたゆえ、次の柳多留《やなぎだる》におぬしの川柳《せんりゅう》が載るのを楽しみにしておれ」

「間違いねぇんでございやしょうね？」

「私を誰だと思うておる。所望《しょもう》とあらば、直《じか》に会わせてつかわすが」

「そういうわけには参りやせんよ。先生はともかく、あちらさんに素性を知られちゃ句合《くあわせ》の楽しみがなくなっちまいやす」

「さもあろう。左様な計らいは一度きりぞ」

「分かっておりやす。一遍でも載っけて貰えりゃ、末代までの語り草でさぁ」

熱の入ったやり取りをしている内に、船の進みが緩やかになってきた。

「お留守居役様」

障子越しに告げてきたのは、抱えの船頭。

「うむ」

武士は頷くと、職人に視線を戻した。

「本日は大儀であったな。されば首尾を楽しみに、生業《なりわい》に励むことだの」

「心得やした。それじゃ先生、ご免なすって」

職人が万年橋《まんねんばし》の下の船着き場に降り立った。

大川と繋がる小名木川《おなぎがわ》の河口に近い、かつて芭蕉庵《ばしょうあん》があったと伝えられる所だ。

「へへっ、裏口を……」

足取りも軽く、職人は一句ひねりながら歩き出す。

「待て、忘れものだ」

武士の声に振り向いた瞬間、職人は血煙を上げていた。

抜き打った脇差で首筋を断たれたのだ。

船着き場から転げ落ち、暗い川面に沈んでいく。

潮の混じった川の水は浮力が増すため土左衛門《どざえもん》も発見されやすいが、異なる流れがぶつかる河口の付近は別で、底に沈んだまま上がらぬことも多いという。

「裏口を出たと思えば地獄道……であったな」

呟く男の名は平沢常富《ひらさわつねとみ》。

秋田《あきた》二十万五石の佐竹家に仕え、下谷七軒町《したやしちけんちょう》の上屋敷を預かる留守居役は、戯作者として朋誠堂喜三二《ほうせいどうきさんじ》の筆名を持つ。又の名を手柄岡持《てがらのおかもち》という狂歌師で、川柳の選者で名高い柄井《からい》川柳とも面識があった。

婿入りした平沢家は、戦国乱世の佐竹家に古流剣術の陰流《かげ》を伝えた愛洲元香斎宗通《あいすげんこうさいむねみち》を祖とする一族だ。

開祖の愛洲移香斎久忠《いこうさいひさただ》を父に持つ宗通は陰流の二代宗家であると同時に、抜刀術の名手でもあったという。

抜く手も見せぬ一刀で口封じをした常富は、血に濡れた脇差を無言で拭う。

七夕の夜は更け、通りかかる者もいない。

「参るぞ」

「は」

船頭が言葉少なに頷いた。

櫓《ろ》を漕ぐ音も重々しく、船は大川を遡上していった。

九

「狙い違《たが》わず尾を断ちて、太き首をも飛ばす刃筋《はすじ》に一糸《いっし》の乱れもなし……か」
年季の入った燭台《しょくだい》が灯された部屋の中、男の呟く声がする。
文机を前にして、巻物に見入る男は三十半ば。
姿勢正しく、袴を穿いた膝を揃えている。
「む……」
面長の顔を上げ、男は燭台を見た。
短くなっていた蠟燭《ろうそく》が、ふっと消える。
巻物を文机に置いた男は膝立ちとなり、燭台に躙《にじ》り寄る。
慌てることなく手に取ったのは、燭台の下に置かれていた予備の蠟燭。
蠟燭が入った木箱の中には、火打ち石と火打ち鉄《がね》もある。
慣れた手つきで火花を飛ばすと、附木《つけぎ》がちろちろ燃え出した。
蠟燭に火を移した男は文机の前に戻り、再び巻物を手に取った。

行燈《あんどん》よりも明るい光が照らし出すのは、波間に沈みゆく『竜《りゅう》』の姿。蠟燭が消えかかっていたのに気がつかぬほど熟覧していた、絵巻の掉尾《ちょうび》を飾る場面だ。

「竜斬りの太刀……たしかに絵空事《えそらごと》とは思えぬ一手だの」

そんなことを呟きながらも、男は切れ長の目を絵巻から離さない。

異形の敵に剛剣を浴びせ、退治したのは水干を纏った姿も凜々《りり》しい公達《きんだち》。

絵に添えて場面を説明する文章の詞書《ことばがき》には、男が興奮ぎみに呟いた「竜斬りの太刀」なる技名《わざな》も記されている。

作者の名前は書かれていないが、熟練の絵師が手がけたものに相違あるまい。

鎌倉から室町の頃の似絵《にせえ》と呼ばれた肖像画さながらに細部まで描き込まれ、公達の手にした太刀が丁子刃《ちょうじば》であることまで見て取れるが、その公達の顔だけは時代を遡《さかのぼ》り、平安の世の御所に仕えた宮廷絵師が総力を挙げて描き上げたという『源氏物語絵巻《げんじものがたりえまき》』と同じ、引目鉤鼻《ひきめかぎはな》に描かれていた。

「武士を凌ぐ剛の者でも公家なれば、あくまで雅《みやび》に……ということか」

筆先に隠された思惑を察し、微笑む男の名前は堀田摂津守《ほったせっつのかみ》正敦《まさあつ》。一昨年に堀田家へ婿入りし、去る四月八日に大番頭《おおばんがしら》に任じられて幕府の武官となった、近江《おうみ》堅田《かたた》一万石の六代当主だ。

「ちと無理が過ぎたかな」
正敦はひとりごちると、切れ長の目を閉じた。
既に絵巻はきちんと巻き直され、文机に置かれている。
「む……」
広げた右手でこめかみを揉みほぐし、再び開いた目をしばたたかせる。
呟く正敦の顔には安堵の笑み。日が暮れたことに気づかぬまま絵巻に見入っていた
「ははは、ようみえるようになったわ」
のが災いし、霞《かす》み目になっていたのだ。
「全く、年は取りたくないものよ」
ぼやきながら手を伸ばし、首筋を揉む正敦は当年三十五歳。老け込むには早すぎる
が置かれた立場を考えれば、若くして心身共に労するところが多いのも当然だった。
公儀の御役に就いた大名は、任を全うするまで帰国を許されない。本来ならば江戸
参勤が明ける五月を過ぎても正敦は在府のまま、この上麻布《かみあざぶ》は白金《しろがね》に構える上屋敷と
千代田の御城を行き来する日々を送っていた。
幸いと言うべきか、国許を不在にしている間の内政は心配するに及ばない。当主の
存在を抜きにして成り立つ仕組みが、元より確立されているからだ。

下野国の佐野から移封された堀田家が二百年近くに亘って治める所領は、近江国《おうみのくに》の滋賀郡《しがごおり》と高島郡《たかしまごおり》。小藩ながら古くから琵琶湖《びわこ》で水運の要衝として栄え、中でも陣屋が設置された本《ほん》堅田村は、かつて町衆と土豪が自ら治めた地。堅田四方《しほう》と呼ばれる自由都市だった当時の気風を受け継ぐ村役人と郷士の影響力はいまだ強く、手を借りずに領民の支配は維持できない。

正敦が手にしている絵巻も、彼らと関わりがあるものだ。

「……いま一度、目を通すかの」

凝りがほぐれた正敦は、溜め息交じりに文机に向き直る。

絵巻を右手で支え、左手で広げて視線を注ぐ。罪なき人々に災厄をもたらす『竜』を公達が追いつめ、退治するまでの物語を最初から、丹念に追っていく。

興味深げでありながら絵と詞書に向けられた視線は鋭く、何事かを見出そうと懸命なのが窺い知れた。

この絵巻は戦国乱世に堅田の湊《みなと》を拠点に勇名を馳せ、織田信長《おだのぶなが》も一目《いちもく》置いたと伝えられる水軍の流れを汲むという、町役人の屋敷の土蔵から発見されたものである。

歴史ある家から珍品が見つかる例は多いが奇妙に過ぎると村役人は思案の末、平安の世の宮廷文学と本草学《ほんぞうがく》に詳しい正敦を見込んで、恐れながら鑑定を願い上げたいと陣屋を通じて申し入れてきたのである。その願いを正敦が快諾したのは従来の政務の他に、村役人の協力が不可欠な問題を抱えているがゆえだった。

正敦は去る二月二十一日に自筆の布告書を国許へ送り、向こう五年に亘って出費を切り詰めることを命じている。

堀田家に限らず、大名家は支出の多くを上屋敷への送金が占めている。物価の高い江戸での暮らしを維持するためには避けられぬ出費だが、正敦は自身も無駄な費えを徹底して省くと宣言し、倹約の布告に踏み切った。

かねてより正敦に目を掛けてくれている老中首座の松平越中守定信は、倹約を幕政改革の主軸に据えるだけに留まらず、一大名として治める陸奥《むつ》白河の内政にも厳格な姿勢で臨んでいる。

恩義を受けた身としては、謹んで見習うべきであろう。

しかし、国許では領民から布告の実施に反対する声が上がっている。自分たちだけが倹約を強いられるのではあるまいかと、正敦を疑ってのことだった。

国許の家臣たちも表立って異は唱えぬが、いまだ家督を継いで日の浅い正敦を信用しきれずにいる者も少なくはないはずだ。

倹約の成果を確実に出すためには国許と江戸表、家臣と領民の足並みを揃えることが必須だったが、無理ならば力ある者の手を借りて乗り切るより他にない。

正敦は村役人には領民を、郷士には家臣をそれぞれ見張らせている。

絵巻の鑑定を願い出た男は、領内の村役人たちの中でも指折りの有力者。

こちらが主君といえども、無下にするわけにはいくまい——。

十

風見家では、奉公人たちの慰労を兼ねた夕餉の席が調えられたところだった。

「おぬしらには常々雑作をかけるな。暑気払《しょきばら》いと思うて存分にやってくれ」

「へい、あり難く頂戴致しやす」

「頂戴しやす！」

又一に続いて鉄二に文三、瓜五と勘六が声を揃えて礼を述べた。

古株の五人の後ろに並んで座った茂七、そして左吉と右吉も同時に頭を下げる。

一同が集まったのは奉公人が三度の食事に用いる、台所の続きの板の間。

日頃は箱膳が連ね置かれる板の間の真ん中に、冷やし素麺が山と盛られた桶が薬味を添えたつゆと共に用意され、腹の足しの稲荷寿司に酒も添えられている。

上下の席の別なく無礼講《ぶれいこう》で楽しむようにと、竜之介が篠に命じておいたのだ。

笹竹を神田川へ流しに出かけたため、今宵の夕餉は常より遅め。板の間には行燈が並べて置かれていたが蠟燭と違って光は弱い。竜之介が奥小姓の当番で出仕するたびに泊まり込む、千代田の御城中とは比べるべくもない暗さだが、日が暮れると同時に床《とこ》に就く長屋暮らしの人々が見れば、さぞ贅沢なことだろう。

「殿様、まずはお口を付けておくんなせぇまし」

徳利《とつくり》を手にした又一が竜之介の前に膝を揃え、猪口《ちょこ》を満たした。

酒は車座《くるまざ》になった中間たちにも行き渡っていたが、誰も口を付けてはいない。

一同が無言で見守る中、竜之介は猪口を掲げて見せる。

「お見事」

くいと飲み乾すのを見届けて、又一が微笑む。

配下の面々も破顔一笑し、無礼講が始まった。

竜之介夫婦の部屋は、廊下を渡った奥にある。

「お篠殿や、この素麺はだいぶしもげちゃおりやせんね」

「春町《はるまち》さんの『無益委記《むだいき》』じゃないんですから、のびも縮みもしてませんよ」

文三をやり込める篠の声が聞こえる。

「また文三がおどけているな。婿殿も楽しんでおることじゃろう」

「ほほ、たまさかには宜しゅうございましょう」

縁側では先代当主の風見多門《たもん》が座り、杯を片手に微醺《びくん》を帯びていた。

傍らには弓香《ゆみか》が座り、相伴《しょうばん》に与《あずか》っている。

父娘仲良く堪能していたのは、みりんを焼酎で割った本直《ほんなお》し。

徳利に詰めて井戸に吊るしておき、冷やして楽しむのが定番だが、上物《じょうもの》のみりんは常温でも美味い。とろりとした甘みに加えて柑橘《かんきつ》類を思わせる風味があり、割らずに生《き》のままで口にしても、甘露《かんろ》と呼ぶにふさわしい。

「父上、そろそろお代わりをお持ち致しましょうか」

「ほう、今宵は進みが早いようだの」

「いいえ、私はそろそろおつもりで……」

「父を相手に取り繕うには及ばんぞ。実のところは寂しいんじゃろ」

「まぁ、中間衆に悋気《りんき》など致しませぬよ」

にやにやしながら問う多門に、弓香は涼しい顔で笑みを返す。

二人の後方の部屋の中では、虎和《とらかず》が寝息を立てていた。

「可愛いのう、よう眠っておるわ」

愛くるしい寝顔を肩越しに見やり、多門は赤ら顔を綻ばせる。

溺愛して止まぬ初孫が誕生したのは、昨年の大晦日。それも除夜の鐘が鳴り始める寸前のことであった。

数え年は生まれた時点で一歳と勘定される。まだ閏《うるう》六月を経て生後八ヶ月に入ったばかりでありながら、既に二歳の虎和だった。

「そなたが大奥に居《お》る間は毎日ぐずっておったが、やはり母親が一番らしいのう」

「ふふ」

多門のぼやきに弓香は微笑む。

竜之介の助太刀《すけだち》として、二人が関わった事件のことだ。

事を起こした旗本の須貝外記《すがいげき》は自ら大番頭《おおばんがしら》の職を辞して出家し、手先となっていた四人の家士も共に頭を丸め、反省の意を示したために成敗《せいばい》されるには至らなかった。

一人娘の雪絵《ゆきえ》が大奥を出て婿を取り、須貝の家名は無事に存続。

雪絵の幼馴染みでもある婿の棟居新左衛門《むねすえしんざえもん》は堀田正敦の下に付き、大番頭の御用を見習っている。

外記に雇われながらも悪行を見逃せず、新左衛門と共に事件を落着させるのに貢献した剣客の猪田文吾は、正敦の窮地を救った功で堀田家に仕官を許された。

血の繋がらぬ妹で手裏剣遣いの武乃《たけの》も一緒である。

武乃が孕《はら》んだ父親の分からぬ子の親となることを前提に文吾は求婚し、夫婦で堀田家の上屋敷に身を寄せている。

各自が落ち着くところに落ち着き、竜之介は元より弓香と多門も安堵していた。

「新左殿は軽輩あがりなれど侮りがたい槍《やり》の名手であると、早々に評判を取っておるそうですよ」

「あれほどの遣い手ならば荒くれ揃いの大番衆にも後《おく》れは取るまい。須貝のご先代殿も後顧の憂いなく、心安らかに読経三昧《ざんまい》の日々を過ごしておることだろうよ」

「左様《さよう》に願いたいものですね」

しみじみと語る多門に、弓香は呟く。

「新左殿には御役目に勤しんで、雪絵様を幸せにして頂きたいものでございまする」

「我らが婿殿のように、か？」

「はい」

弓香は照れることなく微笑んだ。

「そういえば、今日は忠も来ておったらしいの」

多門が杯を突き出した。

「お花が言うておりました。川流しに出かける間際だったとか」

酌をしながら弓香が答える。

「わしには茂七が知らせてくれたよ。お孝と仁がはしゃいでおったそうじゃ」

「この春の一件以来、稽古に入れ込んでおりますからね。兄上がちっとも構ってくれないと、お孝ちゃんは遊びに来るたびに嘆いております」

「無理もあるまい。あの子はよちよち歩きの頃から、忠にべったりだったからのう」

苦笑いをした多門は、杯をちろりと舐《な》めた。

「真ですね……兄上のお嫁さんになりたいと、何遍聞かされたことやら」

溜め息交じりに答えた弓香は酒器を傾け、残った本直しを自分の杯に注いだ。

「わしも吹聴《ふいちょう》されたよ。あの顔は本気じゃな」

甘露を口にしながらも、多門の苦笑いはそのままだった。

「義兄《あに》上も静江《しずえ》様も、下手《へた》な相手には嫁がせられませぬね」

弓香もぼやきつつ、杯に半分ほどで空《から》になった酒器を膳に戻した。

夫の兄である清志郎を弓香は「義兄上」と称して礼を欠かさぬ一方、奥方の静江のことは親しみを込めて名前で呼ぶ。二人の縁談は田沼一族が権勢を誇った当時に静江の父親が熱望したことで、意次が老中職を罷免されるや臆面もなく離縁を申し入れてきたものだったが静江は拒み、そのまま実家に戻ることなく無役の夫に尽くし、三人の子供を慈しみ育てているからだ。

「清志郎さんも好い男だからのう。親兄弟がああも美男揃いでは、お孝の男を見る眼はさぞ辛《から》うなるだろうて」

「殿御の値打ちは見てくれだけではありませぬよ」

少し立腹した面持ちで弓香が言った。

夫の竜之介は並より小柄な上に、お世辞にも美男とは言えぬ顔立ち。風見の鬼姫と恐れられながらも美貌に惹かれ、言い寄る男が絶えなかった弓香とは不釣り合いだといまだ陰口を叩く者は少なくない。

「待て、待て、婿殿の悪口など言うてはおらぬわ」

目を吊り上げられても慌てることなく、多門は微笑む。

「されば、如何なるご存念でございまするか」

弓香は語気も強く問い返す。

腹を立てた余りに、鉄漿《おはぐろ》が塗られた前歯をちらつかせていた。

「聞きたいか」

「はい」

「仕方ないのう」

多門はしばし迷った後、口を開いた。

「死んだ奥がな、わしにそう言うておったんじゃ」

「母上が、でございますか？」

驚く弓香は、母親の顔を覚えていない。夫婦共に齢《よわい》を重ねた末に授かった我が子を産み落とさんと無理をして、産後間もなく亡くなってしまったのだ。

「息を引き取る間際のことじゃよ。ご無礼ながらと前置きをした上で、風見の家に嫁《か》して幸せにございましたと、最期に言い添えての」

訥々《とつとつ》と語る多門は目が小さく鼻の太い、福々しくも剽軽《ひようきん》な顔立ちである。竜之介と違って童顔ではないが、親しみやすい顔であるのは同じと言えよう。

「……不躾《ぶしつけ》にございました。お許しくださいませ」

「いや、良き折であったよ」

詫びる弓香に、多門は微笑む。

「何が宜しかったのでございますか、父上？」

「そなたが奥に似たのは美しい外見だけに非《あら》ず、男を見る眼の確かなところも、しかと受け継いでおったと分かったからな」

「まぁ」

恥じることなく答えた父の態度に、弓香は思わず笑みを誘われた。

見た目は剽軽な多門だが、武術の才は類《たぐ》い稀《まれ》なものである。

なればこそ現役の小納戸だった当時に槍の風見と異名を取り、亡き九代将軍の家重《いえしげ》公の眼に適《かな》い、将軍家に仇なす者を成敗する身の証しとして、葵《あおい》の覆面を授けられもしたのだろう。

その覆面は、弓香も十代将軍の家治《いえはる》公から拝領している。

多門と弓香が図らずも二代に亘って拝命した影の御用は、婿の竜之介も当代の将軍である家斉から命じられていた。

徳川宗家の紋所である三つ葉葵は代替わりのたびに蘂《しべ》の数を変え、どの将軍のものなのか区別がつくようにされるものだが、家重公と家治公、そして家斉は同じ十三蘂の三つ葉葵。三代の将軍が同じ紋所を用い続けていたために、竜之介も多門と弓香と同じ覆面を授けられるに至ったのだ。

徳川の天下を守るために戦うのは、旗本の家に生まれた身にとっては本懐《ほんかい》。

親子と夫婦で力を合わせてのことならば、なお喜ばしい。

「……」

弓香は部屋の中に視線を向けた。

すやすや眠る虎和は、竜之介との愛の証し。

泰平の世で武術に打ち込みながらも孤独を抱え、何のために戦うのか分からぬままに生きていた二人が授かった、何物にも替え難い宝だった。

十一

「ったく、手間だねぇ」

「文句を言うでない。何事もお役目ぞ」

堀田家上屋敷の一室では、文吾と武乃が井戸浚いで見つかった落とし物を整理する作業に追われていた。

「兄《あに》さんはお人好しなんだよ。こんなの用人のすることじゃないだろう」

「これっ、兄と呼ぶなと申しただろう」

「そりゃ無理だよ。夫婦になったと言っても、前と変わらないんだもの」

「む……」

文吾は大きさを増してきた武乃の腹に視線を向ける。

「ほら、とっとと終わらせようよ」

その視線を遮るように背を向けて、武乃は手にした簪《かんざし》の汚れを拭う。

「う、うむ」

文吾は巨軀《きょく》に見合って太い膝を揃えると、芯まで湿った紙入れの中身を検《あらた》める。

この夫婦、兄と妹も同然に育った仲である。

共に捨て子であった二人は西国《さいごく》の山に隠遁《いんとん》していた武芸者に拾われ、その技を受け継ぐために育てられた。

成長した武乃は文吾と結ばれるつもりでいたが、先に文吾に手を付けたのは二人の師匠にして親代わりの武芸者だった。

過ぎた禁欲を重ねた末に、血迷ったがゆえの悲劇だった。

武乃が気づいた時には怒りに任せて放った手裏剣を受け、武芸者は息絶えていた。

以来、文吾は男性としての機能が働かない。

隠遁の暮らしに別れを告げて紀州を離れ、活気のある江戸に居着いたことで以前の明るさは戻ったものの、回復の兆しはないままだった。

武乃も生身《なまみ》の女である。西両国の見世物小屋で出刃打ちの女芸人として売り出したのは文吾を養うためだったが、男たちの熱い眼差しの誘惑には耐えきれなかった。

孕んで六月《むつき》の腹の子は、元より産むつもりである。

文吾が夫となってくれたおかげで、世間に引け目を感じることもない。

しかし、その文吾に対する武乃の気持ちは複雑だ。

今日も兄としか呼べぬまま、一日が終わりそうであった。

「む？」

文吾が怪訝《けげん》そうな声を上げた。

「どうしたのさ、兄さん」

「これは何だ……中身は書状のようだが」

文吾が手にしていたのは、奇妙な包み。

厚く漉《す》かれた紙でくるんだ上から漆《うるし》で固めてある。

落とし物と見なすには胡乱《うろん》に過ぎる代物《しろもの》であった。

十二

座敷に紫煙《しえん》が漂っていた。

「……染みるのう」

煙管《きせる》をくゆらせながら、正敦は目をしばたたかせた。

絵巻は紐を掛け直し、床の間の棚に仕舞われている。繰り返し目を通すばかりでは埒《らち》が明くまいと気づいてのことだった。

正敦は無言で灰を落とし、煙管に煙草を詰め直した。

家中を挙げて倹約を断行する上では一服の煙草も無駄にはできぬが、今は求める答えを見出すのが先である。

短くなった蠟燭の火が、ふと揺らぐ。

「……やはり、伝書《でんしょ》か」

確信を込めた呟きは、この絵巻が描かれた時代を踏まえていた。

全体的な画風から見て室町《むろまち》の後期、すなわち戦国乱世に入った頃に相違ない。

応仁《おうにん》の乱で焼け野原となった京《きょう》の都から公家が逃れ、やがて戦国武将となっていく各地の有力者の保護を受ける見返りに持ち前の知識と教養を授けたことで、都の文化が日《ひ》の本《もと》の各地に広まった時代である。

そして塚原卜伝《つかはらぼくでん》を初めとする兵法者《ひょうほうしゃ》が世に名乗りを上げ、己の技を合戦《かっせん》に行使するだけではなく流派として確立し、有望な弟子に伝えて後の世まで遺《のこ》すべく、動き出した時代でもあった。

武術の伝書は技名とおおまかな構えを示す絵があるのみで、詳細は師から弟子へ口伝えに授けられる。文字や絵にすれば人目に触れることを避けられず、選ばれた者にしか明かせぬ秘事を盗まれかねないからだ。

しかし、授けるに値する弟子がいなければ、技そのものが絶えてしまう。

この絵巻を作らせたのは、そんな孤高の兵法者なのではないか。

公達の一挙手一投足が理に適った形に描かれていることから、自ら筆を執らぬまでも絵師に細かく指示を出したと考えられる。

学問どころか文字を習うのもままならぬ時代だっただけに、無学無筆な者も少なくなかっただろうが、後の世に名を残した兵法者は元は武将、あるいは土豪の子が多く自ずと教養を備えていたが、絵巻に擬した伝書を遺した者は無名。

つまり文字にはされておらず、口伝《くでん》もされていないとすれば、この絵巻でしか知り得ぬ一手ということだ。

「竜斬りの太刀……その実は小兵《こひょう》が大兵《だいひょう》を制する一手か」

一つの可能性として、正敦は呟いた。

竜は元より想像の産物に過ぎぬ以上、公達が斬ったのは獣《けもの》に擬した大男。

そう考えるのが最も現実的であろう。

正敦が根拠としたのは、絵巻に描かれた『竜』の体格。

道成寺縁起《どうじょうじ》の異説である『日高川草紙《ひだかがわぞうし》』に基づき、室町の頃に描かれた『賢学草《けんがく》紙絵巻』の花姫《はなひめ》は大蛇から竜に化身し、竜の姿は大蛇を上回る。

しかし、公達に退治される『竜』はそこまで巨大ではない。

譬《たと》えるならば、大人と子供。

もちろん赤子ではなく、十歳前後の少年との身長差だ。

だが、早々に結論づけてしまってよいものか。

正敦が託された絵巻の『竜』は、描写が余りにも生々しい。

尾と首を断たれ、上げる血しぶき。

発達した全身の筋肉と皮膚の張り。

その皮膚を覆う鱗《うろこ》の描写も、実に細かい。

空想だけでは、ここまで微細《びさい》には描き込めないことだろう。

擬人化ならぬ擬獣化ならば、ここまでするには及ぶまい。秘剣の伝書と見破られるのを防ぐためだとしても、念を入れ過ぎだ。

人ならざるものを実際に倒せる威力を秘めた技なればこそ、ここまで微《び》に入り細《さい》に亘って描き込んだのではあるまいか？

想像上の存在にすぎぬ巨大な竜が相手では文字通りの絵空事だが、実在する動物にして人が相手取るのは至難な、猛獣を倒すことが可能な剛剣《ごうけん》。

それが『竜斬りの太刀』だとすれば、この『竜』は本物だろう。

大きさが己の二倍もある、しかも獣を一太刀で倒すのは至難の業《わざ》だ。

力も動きも人に勝る、肉食の獣。尾がある種族は、更に手強い。

これらの条件に当てはまる『竜』が実在することを、正敦は知っていた。

腰を上げ、廊下に出る。

渡り廊下で繋がる土蔵は、正敦の書庫だ。

持ってきたのは分厚い洋書である。

開いた頁に描かれていたのは、二匹の獣。

海蛇と戦う、水辺の強者──鰐《わに》。

その姿は絵巻に描かれた『竜』そのものだった。

十三

滝脇松平家の上屋敷内では、お歴々が密談を交わしていた。

「権藤め、積年の恨みを晴らさんと息巻いておったのう」

「口には出さずとも一目瞭然《いちもくりょうぜん》。あれでは出世も叶うまい」

「倉橋ほどの男を失うのは惜しいが、お家のためには……な」


その頃、寿平は権藤にのしかかられていた。

「往生《おうじょう》せい、倉橋」

業を煮やして短刀を奪い取り、切腹に見せかけて突き殺そうとしていた。

「待ったただけ無駄であったな。最初からこうしておくべきであったわ」

「よ、止さぬか」

「往生際が悪いぞ、うぬっ」

抗《あらが》う寿平を押さえ込み、権藤は短刀を振り上げる。

と、毛むくじゃらの手から短刀が弾け飛ぶ。

他は先ほどまでと同じ姿で、短刀を払ったのは手にした扇子だった。

「止《や》めなはれ」

修羅場《しゅらば》に似合わぬ京言葉で告げたのは、水干姿の若者——綾麻呂。網代笠を脱いだ

「何者じゃ！」

「名乗るほどの者やおへん。そちらの先生をお連れに参っただけどす」

「うぬ、何を言うておる？」

「分からんでも宜しいですわ。邪魔だけはせんとってください」

「ほざくでない」

吠えると同時に権藤は立ち上がった。

刀を抜く所作は澱みなく、鴨居《かもい》を避けて振るいやすい、八双《はっそう》の構えにも隙はない。

しかし、綾麻呂は苦笑いを浮かべていた。

「あかんなぁ。そない右勝《みぎまさ》りで、刃筋が通るはずないですやろ」

「む……」

それは権藤が剣術の師から幾度となく指摘されてきたことだった。

刀は左手を軸にして振るい、右手は調整役である。

右手を主にする癖は容易には治らぬものだが、そのままにしておくのは修行の上で

宜しくない。

分かっていても権藤は直さぬまま、試合では力任せに勝ちをもぎ取り、手刀や足刀による体術を併用することで強者と評判を取ってきた。

だが、そうした戦いぶりを識者は邪道としか見なさない。

この公家らしい若者も、権藤の手の内には呆れているらしかった。

「あんたさんはわてには勝てまへん。退《の》きなはれ」

「やかましい！」

権藤は怒りのままに吠え猛《たけ》る。

寿平に引導を渡すよりも、目の前の若者を斬ることしか頭になくなっていた。

「仕方あらへんか」

溜め息を一つ吐き、扇子を仕舞った綾麻呂は太刀に手を掛けた。

反《そ》りを返して、すらりと抜く。

「若造、名乗れ」

血走った目で権藤は問う。

「名乗るほどの者やあらへんて、言いましたやろ」

太刀を手にしながらも、綾麻呂は飄々としたままである。

しかし、権藤は諦めない。

「この俺を否定しおったうぬがどれほどのものか、知らぬままで剣を交えるわけにはいかん。いかなる流派を学びし身で、大口を叩きおるのだ」

「仕方あらへんなぁ」

綾麻呂はまた、溜め息を吐いた。

「ほな、山田《やまだ》流とでも言うときましょ」

「山田と申さば、首斬り浅右衛門《あさえもん》ではないか」

「誰ですの、それ」

「とぼけるでない。罪人の首を刎ね、胴を断つことを生業とする者ぞ」

「その山田やおまへん」

「されば、何者だ」

「山田長政《ながまさ》はんですわ」

戦国の世の末に南方の異国へ渡り、英雄となった男の名がどうして出てくるのか。

「ほざくなっ」

訳の分からぬ答えに怒号を返し、権藤は綾麻呂に斬りかかった。

怒りながらも、動きは冷静。

敷居を越えて振りかぶる際も、鴨居を避けるのを忘れない。

綾麻呂は動じることなく、権藤に雨戸を破られたままの縁側から表に跳んだ。周囲の役宅は全て明かりが消され、人の気配もしなかった。

「往生せい！」

辺り構わぬ怒声が闇に響き渡る。

迫り来た権藤の斬り付けは、相変わらずの右手勝り。

力任せの一刀を太刀で受けることなく、すっと綾麻呂は間合いを詰めた。

短い刃音と共に、右手に取った太刀が走る。

刃筋も鋭い一閃《いっせん》が吸い込まれるように首筋を捉えた瞬間、柄に左手を添えていた。

皮一枚を残して断たれた猪首《いくび》が、ぐらりと揺らぐ。

や、やはり首斬りか――。

声が出ぬまま唇を動かし、権藤は前のめりに倒れ込む。

「首は首でも、これは竜を斬る太刀や。お前はんはせいぜい土竜《もぐら》やな」

綾麻呂の呟く声は、もはや聞こえていなかった。

第二章　隠し金《がね》百万両

一

太刀を鞘に納めると、綾麻呂は寿平に微笑みかけた。

「お怪我ありまへんか」

人を斬ったばかりとは思えぬ、無邪気な笑顔だ。

「……かたじけない」

寿平は命の恩人に礼を述べながらも、信じ難い心境であった。

刺される寸前の寿平を救ってくれた若者は二十歳前にしか見えず、水干を纏った体は細身で小柄。若年の上、体格にも恵まれているとは言えまい。

それでいて剣の技量は熟練の域に達しており、巨漢の権藤を一太刀で葬り去った技は剛剣と呼ぶにふさわしい。

竜斬り。すなわち竜を殺す剣。

戯作に勤しんできた寿平も、かつて耳にしたことのない技である。

ということは、この若者が独りで編み出したのか。

それとも遠い過去から代を重ね、密かに受け継がれてきたのだろうか——。


上屋敷の中では異変が起きていた。

まだ宵《よい》の口だというのに、全員が深い眠りに落ちていた。

咲夜と綾麻呂の仕業《しわざ》である。

閉ざされた表門の内に転がされた番士と中間は、身軽に塀を乗り越えて忍び込んだ綾麻呂の当て身を喰らって失神した。

屋敷内で柱や壁にもたれかかり、あるいは畳や床、廊下に寝そべったまま動かずにいる者たちは咲夜が焚《た》いた特殊な香《こう》を、気づかぬ内に嗅がされていた。

邪魔な門番が一掃された表門から堂々と入り込み、咲夜が仕掛けたのは香道の知識を悪用し、自ら練り上げた眠り香。風の流れを読み、屋敷内の隅々にまで香りが行き渡るように、綾麻呂に担がせてきた複数の香炉を設置したのだ。

その香りを嗅がされたのは、重役の年寄衆も同じこと。寿平の始末について密談を交わすべく一堂に会したのが災いし、殊更《ことさら》に深い眠りに落ちていた。

静まり返った屋敷内で絶命していたのは、咲夜に情報源として利用されていた中年の用人のみ。用部屋で膝を揃え、自前の脇差で切腹をした態《てい》で果てていた。

二

蚊《か》にたかられた権藤の亡骸《なきがら》をそのままにして、寿平は役宅の中に戻った。

討手《うって》が襲い来るのを警戒したがゆえのことだが、誰も現れない。

落ち着かぬまま白装束を脱ぎ、常着《つねぎ》に着替えた寿平は火鉢で湯を沸かす。

妻子が去り、奉公人もいなくなった役宅には最低限のものしかない。茶の買い置きは元より、米と味噌も買い置きが切れていた。

「白湯《さゆ》しかござらぬが、ご容赦くだされ」

「頂戴しますわ」

湯気の立つ碗を取り、綾麻呂は口をつける。作法を心得た飲み方だった。

「申し遅れた。拙者は倉橋寿平にござる」

碗を乾《ほ》すのを待って、寿平は白髪交じりの頭を下げた。

「わては綾麻呂いいます。よろしゅうに」

「こちらこそ、衷心《ちゅうしん》より礼を申し上ぐる」

名乗りを返した若者に、寿平は重ねて一礼する。

綾麻呂が公達——若い公家なのは、明かされずとも一目で分かる。

髪型と身なり、そして茶の心得があるのを目にしただけで判じたわけではない。

馬子にも衣裳と言うが、それらしく装ったところで似非《えせ》は似非。外見をどれだけ巧みに繕おうとも、高貴な雰囲気までは醸し出せぬことだろう。

だが、肝心なのはそこではなかった。

寿平の存じ寄りに公達は居らず、まして剣の手練《てだれ》とは縁がない。

戯作者として培《つちか》った縁を辿れば一人だけ、当節の幕臣には珍しいほど鍛えられた男がいるものの助けて貰える仲ではない。血気盛んとはいえ大名の家中に介入するほど無分別ではあるまいし、まして寿平が腹を切らざるを得ない状況に立たされていると知るはずもなかった。

部外秘である寿平の処遇を、この若者は知っていた。

しかも狙い澄ましたかのごとく現れ、刺される寸前の窮地を救ったのだ。

命の恩人には違いないが、都合がよすぎる。家中の動向を密かに探り、頃合いを計ってのことと見なすべきであろう。そう考えられるだけの冷静さを、寿平は取り戻していた。

「……綾麻呂殿、卒爾《そつじ》ながらお尋ね申す」

「何ですの」

「貴殿は何故、拙者をお助けくださったのだ」

「それはお母はんからお話しますわ」

あっさりとした口ぶりだった。

思惑あってのことと勘付かれたのに、悪びれもしない。

「貴殿の母御の指図であったと申されるのか」

拍子抜けさせられながらも、寿平は問う。

「さいです」

「拙者は何もかも失うた身。何の礼もできぬのだぞ」

「いえいえ、先生は大した値打ちをお持ちですやろ」

「値打ちだと」

「強請《ゆす》りとは思わんとってください。はした金に用はありまへん」

踏み込んだ問いかけに、綾麻呂は微笑みながら答えていた。

「じきにお母はんも参りますよって、今のうちに支度をしとくなはれ」

「支度とな？」

「道中に入り用なもんは後でご用意しますよって、お手回りのもんだけまとめはってください」

「せ、拙者に逐電《ちくでん》せよと申されるのか」

「せっかく拾《ひろ》たお命を無駄にしはるんでっか」

「綾麻呂殿……」

「恩を着せるつもりはあらしまへん。せやけど、こん土竜を差し向けたんは松平のご家中のお偉方なんどすやろ。あれやったら介錯役やのうて、先生の口を封じるための討手ですわ」

「………」

どうやら綾麻呂は子細まで承知の上らしい。

寿平を急に先生と呼び始めたのも、戯作者と知っていたがゆえに相違あるまい。

「ぐずぐずしとったら、今度こそ詰め腹切らされますえ」

黙り込んだ寿平の腕を取り、綾麻呂は引っ張っていく。

細身ながら足腰は強靱で、握る力は驚くほど強かった。

寿平は抗えず、隣の私室に連れて行かれた。

「さ、急ぎなはれ」

急《せ》き立てられるがままに、寿平は荷物をまとめた。

愛用の筆と硯《すずり》、墨と水差しに文鎮《ぶんちん》。これがなくては始まらぬ、原稿を書く紙の束。

蔵書を一冊も手に取らぬのは、全て頭に入っているからだ。

「他の戯作者先生が書かはった本もぎょうさんありますなぁ。読むだけなら貸本屋でよろしいですやろに、わざわざ買わはったんですか」

「買うてはおらぬ。筆を執った礼の代わりに版元がくれるのだ」

「えっ、お金《あし》を貰《もろ》てはりませんの？」

「武士でも浪々の者たちは受け取っておるだろう。平賀源内《ひらがげんない》が在りし日に風来山人《ふうらいさんじん》と称して戯作を手がけたのも、金に困ったがゆえなのだ」

「そない言うたら、源内先生もご浪人どしたな」

「ご贔屓くださった主殿頭様にお仕えすることさえ叶《かの》うておれば、くだらぬ刃傷沙汰《にんじようざた》を起こして死に至ることもなかったであろう。そもそも源内のご主君であらせられた高松十二万石の松平讃岐守《さぬきのかみ》様に致仕をお認め頂く際、奉公構《がまえ》を条件とされてしもうたのが不幸の始まり……元はといえば、あやつの狷介《けんかい》さが招いたことよ」

「そのお口ぶりやと、お二人は余り仲がよろしなかったみたいでんな」

「仲が云々《うんぬん》と申すほど、親しゅうはなかっただけだ」

怪訝な顔をした綾麻呂に告げる、寿平の口ぶりは素っ気ない。

言われたことは図星である。

源内は偏屈ながらも社交的で幅広い人々と親しく付き合い、寿平が贔屓《ひいき》にしていた歌舞伎《かぶき》役者の瀬川菊之丞《せがわきくのじょう》とは深い仲だった。

嫉妬の理由はそれだけではない。

源内は色事に限らず、人生を謳歌した。幅広い分野に手を出しながらも極めたものが一つもなく、海外の知識を得るために必須のオランダ語は学ぶ手間を惜しんで通詞《つうじ》任せにする有様だったが、多くの人に愛されていた。

その源内が人を殺して罪に問われ、小伝馬町《こでんまちょう》の牢内で獄死《ごくし》したのは十年前。

そして今度は寿平が進退窮まり、逃亡を余儀なくされている。

これが自由人を妬《ねた》んだ報いなのか。

対抗心を抱きながら筆を執り、真面目に語るべき文学と詩歌を茶化すことで溜飲《りゅういん》を下げ、人気に後押しされる限りは何を書いても許されるとばかりに幕政を批判した末に立場をなくした今の自分に、源内を悪く言う資格はあるまい――。

「気を楽に持ちなはれ先生。案ずるより産むがやすし、て言うよりますやろ?」

寿平が荷物をまとめ終えたのを見届け、励ますように綾麻呂が言った。

三

玄関に揃えたままにしていた草履を持ってくると、寿平は縁側から表に出た。

白装束から常着に装いを改めて袴も穿き、大小の刀を帯びている。

倒れたままの権藤の亡骸には、早くも蠅《はえ》がたかっていた。既に冷たくなったらしく蚊は寄り付きもせずにいる。

寿平は亡骸から目を背《そむ》け、綾麻呂に語りかけた。

「貴殿の母御、まだ参らぬようだな」

「主役は客を待たせて出てくるいうことですやろ。お堅いようで妙な芝居っ気のある人ですねん」

「面妖な御仁らしいが、大名屋敷でおふざけは命取りだぞ」

「ご心配には及びまへん。お屋敷内では今頃、どなたはんも夢ん中ですやろ」

「眠らせたと申すのか？」

「唐渡《からわた》りの眠り香に手ぇ加えて、効き目を強うしたのを使う言うてましたわ」

「貴殿といい母御といい、尋常ならざる腕を持っておるのだな……綾麻呂殿のご流儀は山田流と申されたが、真に山田長政殿と所縁《ゆかり》があるのか」

「正式な流名やあらしまへん。シャムで長政はんに仕えてはったご家来が遺髪を届けに禁を破って日の本に戻らはった後、隠れ住みながら伝えた技やて死んだ師匠が言うとりました。憚《はばか》りながら、わてが当代の宗家いうことになります」

「左様であったか……されば、あの竜斬りと申す一手は異国の地で？」

「村人に難儀をさせよる人食い竜を、長政はんが退治しはった技やそうどす」

「竜が真に居るとは思えぬな。似た姿の獣であろうが、それでも人の手に負えるとは考えられぬぞ」

「少なくとも、熊は斬れますわ」

「熊だと？」

「次第はおいおい話しますけど蝦夷地《えぞち》で襲われましたんや。丹波《たんば》辺りに出よる月の輪が子供に見える、化けもんみたいな奴でしたわ」

「その大熊を、あの技で仕留めたと申すのか……」

「熊の胆《い》もたんと取れましたし、作り話やおまへんで」

「蝦夷の大熊か……貴殿が業前《わざまえ》を見るにつけ、口から出まかせとは思わぬよ」

探りを入れておきながら、寿平は冷や汗を浮かべずにはいられない。

そこに女の声が割り込んできた。

「待たせたなぁ綾麻呂、先生もご無事で何よりでしたわ」

京言葉で呼びかける女は、白衣に羽織袴の男装。

頭巾で面体《めんてい》を隠した上に、口元を手ぬぐいで覆っていた。

「お母はん、それ何ですの」

「眠り香を気前よう焚きすぎてしもてなぁ。お前はんらも用心せんと、表に抜け出す前に眠ってまうで」

場違いにのんびりした口調は地ではなく、眠りを誘う香りを自らも吸ってしまったがゆえのことらしい。

「おぬしが綾麻呂殿の母御か。倉橋寿平にござる」

「咲夜です。よろしゅうに」

「宜しく願うか否かはおぬし次第だ。助けて貰うたことには礼を申すが、拙者を何に利用する気か、はきと聞かせて頂こう」

「あら、失礼な物言いをしはりますな」

咲夜の目が吊り上がった。

眠気も一気に醒めた様子で、寿平を睨みつけてきた。

「先生は現世に生きる場所を失いはったお身の上。違いますか」

「左様なれども、おぬしに利用される謂《いわ》れはない」

臆《おく》せず答えた寿平は、咲夜に向かって歩き出す。

「先生、何してますの」

綾麻呂が鋭い声で問いかけた。

「許せ綾麻呂殿。命を救うて貰うたことには感謝致すが、同道はご勘弁願おう」

背中越しに答え、寿平は咲夜との間合いを詰めていく。

綾麻呂から引き出した話によると、竜斬りの太刀には野生の獣をも倒すほどの威力があるらしい。威力が大きすぎる技を牽制するには、人質を盾に取るのが有効だ。

この女は、いけない。

咲夜を一目見た瞬間、寿平は見抜いていた。

かつて寿平は版元から、しばしば宴席に招かれた身である。

主君に仕えながら筆を執っている立場上、潤筆料《じゅんぴつりょう》と呼ばれる原稿料を受け取れない寿平のような戯作者に対する返礼である。手がけた本が売れに売れ、大量に刷られて傷んだ版木《はんぎ》が新しく彫られた時、つまり重版《じゅうはん》出来の祝いとして設けられた席には芸者も呼ばれ、下にも置かぬ扱いをされたものだ。

海千山千《うみせんやません》の芸者衆も、この咲夜と比べれば小娘同然。浮世離れした観のある綾麻呂の母親とは思えぬほど、欲が深い。

切腹から逃れても、その欲に囚われてしまっては堪らない。

寿平が脇差に手をかけた。

鯉口を切ろうとした瞬間、体が揺らいだ。

咲夜に足払いを喰らったと気づいた時には遅く、背中から倒れていた。

「綾麻呂、抜いたらあかんえ」

息子を制する咲夜の声は落ち着いたもの。

既に寿平は地面に組み伏せられ、身動きを取れなくされている。

「うちは河内源氏《かわちげんじ》の裔《すえ》や。おなごや思て侮りよるといてまうで」

高みから咲夜が告げてくる。

「は、離せい」

「今離したら綾麻呂に斬られてまうけど、それでもええんか？」

「何っ……」

砂利《じゃり》の混じった地べたに顔を押し付けられたまま、寿平は視線を上げた。

見下ろす綾麻呂は無表情。高貴さと共に備えた親しみやすさは失せ、向ける視線の鋭さは刃に等しい。

逆らえば、今度は自分が太刀を受ける番。

権藤の後を追って死に果てるのはご免であった。

「……咲夜殿、ご無礼をつかまつった」

観念して寿平は詫びた。

「で、どうしてくれますの」

問いかける咲夜の声は相変わらず、高みに立った響きである。

「寄る辺《べ》なく、嚢中《のうちゅう》も無一文の拙者に何が望みか」

抗うことを諦めて、寿平は問う。

「ほな、まずは下谷《したや》までご一緒しましょか」

返されたのは思わぬ答えだった。

「下谷とな」

「思い当たる節《ふし》があるやろ。行き先は、佐竹はんの上屋敷や」

「おぬし、まさか平沢殿に」

「匿《かくも》うてくれはるように、もう先《せん》から朋誠堂《ほうせいどう》先生にお願いしてたんや」

「………」

戯作者の朋誠堂喜三二《きさんじ》にして佐竹家の江戸留守居役である平沢常富は、かねてより寿平とは昵懇の間柄。後妻の世話までされた仲であり、寿平は喜三二の作品に挿絵も提供していた。

こたびの咎《とが》めの元凶となった『鸚鵡返文武二道』は、喜三二こと常富が昨年に発表した作品の続編として筆を執ったものだ。

共に幕政の改革と主導者である松平越中守定信を揶揄した内容だったが、定信から呼び出しを受けたのは寿平のみ。

友人が苦境に立たされる原因を作ってしまったと思えば、さぞ常富も寝覚めが悪いことだろう。

しかし、危険を冒してまで匿ってくれるとは考えられない。逆の立場であれば引き受けかねる難事を常富が了承したのは友としての気概ではなく、咲夜に利用されたがゆえに違いなかった。

かつて常富は色男と称し、寿平と遊び歩いた仲。

それほどの遊び人も、この毒婦にかかれば子供も同然ということか。
「ほな先生、参りましょ」
綾麻呂が寿平を促した。
もはや怒りは見受けられない。
その気になれば、いつでも斬れる。そう見なせばこその寛容さなのだろう。
促されるがままに、寿平は歩き出す。
もはや逃れられはしない。
自分は蜘蛛《くも》の巣に捉われた蝶《ちょう》なのだ——。
七夕を切腹の日に選んだのと同じ美意識の下に、そんなことを考えていた。

四

佐竹家の上屋敷では、常富が脇差の手入れを終えたところだった。
羽織袴を脱ぎ、くつろいだ着流し姿だ。
ここは寿平の住まいと同様、屋敷地の一角に設けられた役宅である。
常富が懐紙で拭う抜き身に、傷などは見当たらない。骨を避け、皮膚のすぐ下の血管を狙った太刀筋の精妙さゆえのことだ。

「お留守居役様」

廊下から訪う声が聞こえたのは常富が手入れを終え、拵《こしらえ》を元に戻した時だった。

「主水《もんど》か。入れ」

「ご免」

障子を開いて顔を見せたのは、面構《つらがま》えも精悍《せいかん》な若い武士。

よく見れば、常富が井戸職人を斬り捨てた場に居合わせた船頭だ。身なりを変えた上に手ぬぐいで頬被《ほおかぶ》りをして面体を隠し、留守居役の常富に同行していたのである。

「今宵は大儀であったな」

「いえ」

「始末をつけるに、よき場所を教えて貰うた。礼を申すぞ」

「滅相《めっそう》もありませぬ」

主水と呼ばれた若い武士は敷居際に膝を揃えたまま、はきはきと答えた。

「下郎《げろう》が亡骸、浮かび上がる恐れはあるまいな?」

「海は元より川の渦《うず》も侮れぬものなれば、万が一にも助かりますまい。あのまま水の底にて腐り果て、藻屑《もくず》となるのみにございまする」

説明をする口調も、主水は澱みがない。

「水を司《つかさど》る名を持つおぬしの見立てならば、間違いはあるまい」

「お留守居様……いえ、先生のお業前こそ、お見事にございました」

「褒められたことではあるまいぞ。あれは狙うた相手の不意を衝《つ》く暗殺剣。当家の祖であらせられる元香斎様が表向きになされず、秘伝にとどめられたのもそれゆえだ」

「恐れながら、恥じるには及ばぬことかと存じまする」

「何故だ」

「脇差は刀に勝る得物であると、それがしは思うておりまする」

「さもあろう。帯刀を許されぬ場でも腰にしておるからな。であるがゆえに殿中で刃傷沙汰と申さば、決まってこれが用いられるわけだがの」

「凶器にしてはなりませぬが、お家のための暗殺に遣わば利器《りき》にござる。何ら恥じるには及びますまい」

「ふむ」

「それがしも先生を見習うて、技に磨きをかける所存《しょぞん》にござる」

「おぬしは愛《う》い奴だの、主水」

「恐れ入りまする」

「向後《こうご》も儂《わし》を助けてくれ。よしなに頼むぞ」

「誠心誠意、相務《す》めまする」

「そろそろ約束の刻限だ。抜かりのうお迎え致せ」

「ははっ」

一礼して障子を閉め、主水は去った。

常富は脇差を帯前に戻し、腰を上げる。

「倉橋、儂にこの脇差を抜かせるでないぞ」

願うように呟いて袴を穿き、羽織に袖を通した。

五

上麻布《かみあざぶ》の堀田家上屋敷では、正敦がいまだ考え込んでいた。

奇妙な巻物と洋書を前にして、推理を重ねていたのである。

「……あるいは更に南の地に棲みおり、牙《きば》から発する猛毒で獲物を狩ると申す大蜥蜴《おおとかげ》やもしれぬな」

研究の対象として正敦が関心を抱いて止《や》まずにいるのは鳥と虫だが、他の動植物は元より鉱物の知識も豊富で、自ら観察に出向く労を厭《いと》わなかった。

しかし、異国の諸物については人づてにしか知り得ない。

唯一の窓口は長崎の出島《でじま》に設けられたオランダ商館のみだが、参勤交代で江戸と国許を行き来する道中しか許されぬ大名、それも公職に就いた身で長崎に出向くことはままならず、商館長のカピタンが代替わりで将軍に挨拶をするため江戸に下った際も市井の本草学者たちのごとく、定宿《じょうやど》の長崎屋《ながさきや》に押しかけるわけにいかないからだ。

「竜を装うた異国の獣、その実は……もしも源内が生きておれば、どのように判ずるであろうな」

ぽつりと呟いた直後、正敦は口を閉ざした。

微《かす》かに聞こえるのは、廊下を渡り来る足音。

正敦の側近くに仕え、身の回りの世話をする近習だ。

「殿、お夜食にございまする」

「……構わぬ。入れ」

障子越しに答える正敦は速やかに絵巻と洋書を片づけ、文机の前から離れた後。

何食わぬ顔で上座に着き、脇息に肘を突く。

「ご無礼をつかまつりまする」

二人の近習が座敷に入ってきた。前を行く一人が障子を開き、後に続く一人が膳を恭《うやうや》しく捧げ持つ。

「む……素麺か」

前に置かれた膳を見るなり、正敦は目を剝いた。

「殿？」

「お、お気に召されませぬのか」

近習たちが慌てて正敦に問いかける。

「いや、大事《だいじ》ない」

平静を装う正敦の実家は、仙台六十二万石の伊達家である。

現当主の伊達重村《しげむら》は実の兄、それも同じ母親から生まれた同胞《はらから》だ。

仙台城下で六日が七夕と定められたのは、重村が家督を継いだ後。先代当主の伊達宗村《むねむら》の十二女で、重村にとっては腹違いの妹に当たる琉姫《りゅうひめ》の命日が七月七日であるがゆえのことだった。

琉姫の行年《ぎょうねん》はわずか八歳。生母の於登恵《おとえ》の方《かた》は宗村の側室の一人で、前に授かった二人の姫も早世《そうせい》している。

母親は違えど妹であることに変わりなく、腹を痛めた我が子を全て失った於登恵の方の胸中を想えば正敦もいたたまれなかったが、婿に入った堀田の家中では七夕の日を改めさせるわけにはいかない。まして千代田の御城で催される七夕の儀を欠礼するわけにはいかず、笑顔で出席せざるを得なかった。

「書見《しょけん》の最中なれば給仕を致すには及ばぬぞ。膳を下げるは明朝で構わぬゆえ、今宵は下がって休むがいい」

正敦は近習たちを促した。

「ははっ」

「されば殿、ごゆるりとなされませ」

主君の言葉を疑うことなく、近習たちは退出していく。

「兄上はお国許か……昔から気苦労知らずで、結構なことよ」

すぐには箸を取る気になれぬまま、正敦は苦笑交じりに呟いた。

江戸に不在で七夕の儀に出席せずに済んだ、兄の重村を妬《ねた》んでいるわけではない。

実家にとって厄介者の部屋住みだった正敦が気兼ねなく本草学に打ち込み、高価な書物を入手する費《つい》えにも不自由をしなかったのは、自身も学問を好んだ重村の理解があってのこと。国許を離れて江戸に下り、堀田家に婿入りするまで品川近くの袖ヶ崎《そでがさき》にある下屋敷で気ままに暮らしていられたのも、全ては兄のおかげであった。

二人の父である宗村は正室の他に七人の側室を持ち、三十九の若さで亡くなるまでに八男十二女を儲けた。重村と正敦を生んだ於世《およせ》勢の方こと信子《のぶこ》との間だけで四男五女を授かったが、大名家といえども卯姫のように、幼くして命を落とす子供は多い。信子が生んだ四人の男子も長男と七男が早世し、次男の重村が幸いにも健康だったおかげで事なきを得たものの、まかり間違えば八男の正敦に白羽の矢が立ち、本草学に入れ込むどころではなくなっていただろう。

婿に入った堀田家でも正敦は優遇されている。歴代の当主で二人目となる大番頭《おおばんがしら》に任じられた上、更なる出世を見込まれているからだ。

その期待を、裏切るわけにはいかない。

食事を余さず平らげることも、上に立つ身の務めである。

「さて、ひとつ手繰ると致すか」

自身を励ますように呟いて、箸を取る。

「殿、夜分にご無礼をつかまつりまする」

そこに廊下から訪う声がした。

正敦が見込んで家中に迎え、用人見習いに任じた猪田文吾だ。

「猪田か」

「ははっ」

「食事中だが、おぬしならば構わぬぞ。入れ」

「よろしゅうございますのか？」

「遠慮をするには及ばぬぞ。火急《かきゅう》の用向きなのであろう？」

正敦が打ち解けた態度を示したのは、自分が見込んだ人材であればこそ。

持参されたのが思いもよらぬものだとは、まだ知る由《よし》もなかった。

六

表の通りは静まり返っていた。

笹竹を川に流し終え、人々は既に帰宅した後だ。

町境の木戸が一斉に閉じられる夜四つ、午後十時を過ぎて出歩く者はいない。外泊に事前の届けが必要な武士は元より、町人も自粛するのが常だった。

咲夜と綾麻呂と連れられて寿平が向かうは下谷七軒町《しちけんちょう》にある、佐竹家の上屋敷。

夜道を急ぐ三人の後ろから、迫る一団の足音が聞こえてきた。

「手勢を繰り出しおったようだな」

「大事あらへん。ほら」

迫る一団の素性を見抜いた寿平に、咲夜は何食わぬ顔で告げる。綾麻呂も太刀に手を掛けることなく、悠然と殿《しんがり》を務めていた。

「あの紋所は……松前《まつまえ》侯のご家中か？」

「せや。あらかじめ出張っていて貰《もろ》たんや」

「おぬしらは松前家とも繋がっておったのか……」

戸惑う寿平の視線の先には、引き戸のついた大名駕籠。

漆塗りの胴に描かれた丸に割菱《わりびし》は、蝦夷地を代々預かる松前家の紋所だ。

当主の松前志摩守《しまのかみ》道広《みちひろ》は国許だが、同じ下谷の二丁町の上屋敷には奥方と息子たちがいる。家紋の入った駕籠で外出しても不思議ではない。

「な、何をなさるか」

「お通しくだされ！」

突如として現れた松前家の一行を前にして、追っ手は立往生。

下手《へた》に揉めれば家中の醜聞である寿平の一件が発覚してしまうとあって、押し通ることもできぬのだ。

「長居は無用や。早《はよ》うしい」

「う、うむ」

咲夜に急かされ、寿平は再び歩き出す。

追っ手が行く手を阻まれている間に、三人は先を急いだ。

「それにしても何故、松前侯が……」

「先生を見込んでのことや」

寿平の呟きに、咲夜が答えた。

「拙者《せっしゃ》を？」

「せや。お前はんが役に立つと思てはるねん」

「馬鹿を申すな。北の地を守るご家中で、拙者に何ができる？」

「静かにし、先生」

綾麻呂が後ろから告げてくる。

太刀には元より手を掛けてはいない。

しかし、告げる声は刃さながらに鋭く、冷たい。

下手に騒げば、この場で死ぬ。闇から闇に葬られる。

冷たい声の響きに圧《お》され、寿平は逃げ出すことも叶わない。

蜘蛛の糸に巻き取られた心境で、黙々と歩みを進めるより他になかった。

七

「何となされましたのか、殿？」

文吾は愕然とせずにはいられなかった。

開封された書状を手にした正敦が、顔面蒼白になっている。

「い、急ぎ医者を呼びまする！」

「大事ない。そのほうは下がりおれ」

慌てふためく文吾を黙らせ、正敦は手ずから障子を閉めた。

文吾を退出させた正敦は、そのまま畳にへたり込んだ。

「百万両……」

呻くように呟いたのは、途方もない金額。

「我ら伊達家がお引き受けつかまつったのは相良のお城から百万両を運び出し、秋田の地まで無事にお届けすることのみ……その後の守りは佐竹侯のお役目とのお約束でござろう……」

わななく正敦が手にした書状は、亡き意次の直筆だった。

井戸に落ちていたのを見つけたと、文吾が届けてきたものだ。

宛名が正敦となっていては開封するのもままならず、無礼を承知で直《じか》に渡しに来たのである。

殊勝《しょしょう》な心がけを褒めた上で受け取った書状は表の封こそ新しいが、中は意次が存命している時にしたためたものに相違なかった。

意次の頼みを聞き入れざるを得ない立場であった兄のため、手を貸した正敦は事の次第を知っている。

その正敦に宛て、意次は思わぬ願い事を書き遺していたのだ。

当の意次が故人である以上、これは第三者の仕業に違いない。

一年前に亡くなった意次の書状を持ち出し、七夕の習慣を利用して正敦の許に届くように謀《はか》ったのは、果たして何者なのか――？

「殺生《せっしょう》にございまするぞ、主殿頭様……」

推理を巡らせる余力もないまま、正敦は呻く。

その声を耳にしたのは、障子の向こうで気配を殺していた文吾のみ。

ただならぬ様子を案じ、無礼を重ねるのを承知で取った行動だったが、盗み聞いた主君の独言は剣呑《けんのん》極まる内容だった。

八

秋田の大藩である佐竹家の領内には銀山が多かったが、その大半は商人に採掘を委《い》託《たく》した請山《うけやま》であり、佐竹家が直営する直山《じきやま》は少ない。

平賀源内が身を潜めて十年目となる廃坑も直山の一つで、これ以上の採掘は望めぬと見切りをつけられて久しかった。

「やれやれ、お宝の守りにも飽きが来たのう」

銀山の隠れ家では、平賀源内が独りぼやいていた。

公には十年前の暮れに獄死したことになっている源内だが、その才を惜しんだ意次の指図により秘かに江戸を脱し、百万両の隠し金の見張り役を仰せつかっていた。

江戸留守居役を務める平沢常富、そして今は亡き佐竹家の先代当主で曙山《しょざん》の号を持つ絵師でもあった佐竹義敦《さたけよしあつ》も知ってのことだ。

佐竹家は、諸大名でも名門に数えられる家柄である。

対する田沼家は大名になったとはいえ新参者。元を辿《たど》れば父親は六百石取りの旗本で元は紀州の一藩士。祖父に至っては足軽《あしがる》に格下げされた身の上で、比べるのもおこがましい。

その佐竹家の当主だった義敦が源内を匿うことを承知したのは、当時の意次の威光のみに屈したがゆえではない。

源内の弟子に佐竹の家臣で、かの『解体新書《かいたいしんしょ》』の挿絵を手がけた小野田直武《おのだなおたけ》という若者がいた。

義敦は直武の才のみならず、その美貌を愛していたのだ。

戦国乱世には公然のものだった武家の衆道《しゅどう》も、泰平の世では醜聞。

主君の恥が世間に知れることを恐れた重役たちの指示により、直武は哀れにも詰め腹を切らされたのである。

その秘密を意次は暴《あば》き、公表しない引き換えに源内を保護させたのだ。

家中の財政難を解決すべく発行した銀札《ぎんさつ》が裏目に出て、窮乏が続いていた佐竹家にしてみれば堪ったものではない。

苦悩は義敦の死期を早め、命を救われた源内も忸怩《じくじ》たる思いであった。

「有為《ゆうい》の者を殺す金など宝に非ず……永久に埋もれたままにしておけばいいのだ」

静かな怒りを帯びた声で呟く源内もまた、直武を愛していた。

義敦の亡き後の佐竹家が源内の存在を持て余し、厄介払いをしたがっていることは当の源内も察しがついている。

持て余されているのは、手を付けられぬ百万両も同じはず。

始末すべく常富が動き出すことを、源内は既に察していた。

百万両は封印されても構わぬが、自分まで生き埋めにされるわけにはいかない——。

「お達者でござったかな、先生」

折良く、隠れ家に総髪の四十男が姿を見せた。

この男の名は木場刀庵《きばとうあん》。

咲夜の年子の兄にして、上方《かみがた》で人気の太平記読みである。

田沼家の誰から頼まれたわけでもない意次と意知の復讐を望む兄と妹は、獄死したはずの源内が生きていることのみならず、義敦の醜聞まで独自に突き止めていた。

それでいて、廃坑に眠る百万両の存在にはいまだ気づいていない。

刀庵がせっせと集めた隠し鉄砲を源内に修繕させて売り捌き、軍資金を稼いでいるのが何よりの証左《しょうざ》である。

「こたびは百挺《ちょう》か、それとも二百か」

「三十が精一杯でござったよ」

「三十とな」

「越中守がまたしても、余計なことを始めたのでな……」

刀庵曰《いわ》く、六月から強化された取り締まりのせいで以前ほどには数が集められなくなったらしい。

「先生、金になるものが作れますかな」

「やってみよう。その代わり、オロシャ行きを早う頼むぞ」

「急《せ》くには及びませぬぞ。春町先生が参られましたら、すぐにでも」

「その春町だが、江戸から連れ出す算段は付いておるのか」

「咲夜に抜かりはござらぬよ。江戸に参りて確かめ、朗報をお届け致し申そう」

笑顔で請け合う刀庵は、赤蝦夷《あかえぞ》と呼ばれるオロシャ人と秘かに接触している。

オロシャは日の本に門戸《もんこ》を開かせる戦略の一環として難破した船頭を保護し、彼らを講師とする学校まで開設しているらしい。

そこにより高い教養を備えた源内と寿平を送り込んで役に立たせ、オロシャを統《す》べる女帝《じょてい》に認められることが、刀庵の狙いだという。

もはや日の本に居場所がなく、未練も持たぬ源内は、お誂《あつら》え向きの人材なのだ。

「おぬしの望みは叶えてやるゆえ、一日も早うにな」

老いを重ねた顔を顰めて、源内は呟く。

隠された百万両の存在は、おくびにも出しはしなかった。

九

寿平が常富と対面したのは、役宅の座敷だった。

「久方ぶりだの、春町……いや、倉橋」

常富はどうしたことか、寿平を筆名で呼ぶのを躊躇《ためら》った。

兄弟も同然の仲と思えぬ不自然さだが、寿平に気にする余裕はない。

「挨拶どころではあるまいぞ、喜三二殿っ」

返す寿平の口調は険《けわ》しい。

訊《たず》ねたいことは山ほどあったが、言い出す余地は与えられなかった。

「その名を出すのは控えてくれ。我が殿よりお叱りを受け、戯作の筆は絶とうと心に決めておるのでな」

「戯作の筆を、おぬしが？」

寿平は耳を疑った。

寿平に増して入れ込んだ、三度の飯より好きだったはずのことである。

「二言《にごん》はない。筆名は今年の内に誰ぞに譲るつもりだ」

「……おぬし、本気か」

重ねて問うた寿平に、常富は無言で頷いた。

はぐらかしで言い出したことではないらしい。

「朋誠堂喜三二は死んだのだ。恋川春町も、またしかりだ」

「勝手に決めるでない。拙者はこうして生きておるのだぞ」

「戯作者としては死んだも同然。もはや相手にする版元もあるまいよ」

「されど、それがしはまだ……」

「急くでない。あくまで日の本では、ということじゃ」

「どういうことだ、喜三二殿」

「平沢だ」

念を押す常富の口調は素っ気ない。

「おぬし……」

取り付く島もない態度を親友に示され、寿平は焦りを隠せなかった。

「お留守居役様、後はうちから申しますよって」

咲夜が横から口を挟んだ。

綾麻呂は席を外し、廊下で見張っている。常富の手先と思《おぼ》しき、若い武士の動きを警戒してのことらしい。

「頼む」

言葉少なに答えると、常富は席を立った。

座敷に置かれた火鉢では湯が沸いていた。

咲夜は慣れた手つきで茶を淹《い》れると、寿平に供した。

「落ち着きなはれ、先生」

「………」

「安心しい。毒なんぞ入ってへんわ」

「……頂戴致そう」

寿平は碗を取り、乾ききっていた喉を潤した。

一息ついたのを見計らい、咲夜が笑顔で告げてきた。

「先生にはまず蝦夷地、いずれはオロシャへ渡って貰うことになっとるんや」

「オロシャだと」

「今のオロシャはな、えかてりーないう女王が治めてはる。その女王様がな、日の本の出来のええ男はんをご所望なんや」

「せ、拙者を赤蝦夷の人身御供《ひとみごくう》にすると申すかっ」

「慌てんとき。ご所望なんは命やのうて頭ん中や。平賀先生も一緒やし、安心しい」

「平賀？」

「先生と仲良うしてはった、平賀源内先生や」

「馬鹿を申すな。源内殿ならば、十年も前に」

「敵を欺くには味方からて言うやろ」

「されば、真に生きておるのか……」

「せや。先生と同じにな」

咲夜の答えに、寿平は再び言葉を失う。

源内と寿平は元より犬猿の仲。

獄死したと聞いても心が動くことはなく、亡骸を引き取って弔うために奔走したという高名な蘭方医《らんぽうい》の杉田玄白《すぎたげんぱく》を訪ねることもしなかった。

有り体《ありてい》に言えば、今日まで忘れていたと言ってもいい。

その源内が生きており、自分と共に遠い異国へ送られると言われては、動揺が募《つの》るのも無理はない。

寿平は無言で腰を上げた。

足早に敷居際へと歩み寄り、障子を開く。

「厠なら廊下の突き当たりや」

咲夜は止めるでもなく、茶器をのんびり片づけている。

「お待ちを」

寿平の行く手を阻んだのは綾麻呂ではなく、精悍な顔をした若い武士だった。

「おぬしも話は聞いたであろう。かかる理不尽を看過《かんか》するのか」

「それがしは佐竹家中の士。何事もお家のためでござる」

そう告げるなり、若い武士——主水は拳を繰り出した。

当て身を喰らった寿平は、たちまち気を失った。

「おおきに。おかげで手間が省《はぶ》けたわ」

「おぬしのためにやったことではござらぬ」

傍らで見ていた綾麻呂に憮然と答え、主水は寿平を座敷に担ぎ込んだ。

今日は寛政元年七月七日。

恋川春町こと倉橋寿平の命日として、後の世に伝えられた日であった。

第三章　摂津守《せっつのかみ》の覚悟

一

真夜中を過ぎ、日付が変わって七月八日。

「はぁ……はぁ……」

正敦は私室で布団に横たわり、荒い呼吸を繰り返す。

面長の顔から血の気が失せ、脂汗《あぶらあせ》を流している。

のたうち回る程ではないものの、胸の動悸と頭痛が治まらない。今になって医者を呼んでは文吾を追い出した甲斐もあるまいと、独り苦痛に耐えていた。

夕餉を済ませた後は奥に渡り、常のごとく正室と同衾《どうきん》するつもりであった。

家付き娘と子作りに勤《いそ》しむのは、元より婿養子の使命である。種なしと見なされた婿が離縁されるというのは大店《おおだな》の商家に多い話だが、家名が存続できねば代々の禄を失う武家においては尚のこと、切実な問題だ。大名家も例外ではない。

その使命を正敦が遅まきながら自覚したのは、この夏のことである。

きっかけとなったのは隠し子だった。

摂津守の官名を授かる以前、伊達家の部屋住みだった頃に儲けた男の子だ。

伊達家に残してきた息子の常之丞《つねのじょう》が愛《いと》しい余り、婿入り前まで住んでいた袖ヶ崎の下屋敷にお忍びで通いつめた正敦も、未練を振り切った後は堀田家の跡継ぎを儲けることに専心している。一昨日の六日には国許の仙台と同様に一日早く飾られた笹竹の短冊を密かに拝み、手ほどきをした書の上達ぶりを見届けたい誘惑に駆られたが辛《から》くも耐え抜き、夜も川流しを見に行くことなく奥に泊まった。

今宵もそうするつもりだったが、これでは床《とこ》の相手どころか、廊下を渡ることさえ難しい。夜毎の房事《ぼうじ》にすっかり味を占めた正室は、よりにもよって七夕にお預けとは酷い話だと腰元を通じて文句を言ってきたが、子細を明かせぬからには顔を合わせるのを避けるより他になかった。

意次の書状は辛うじて立ち歩ける内に文箱《ふばこ》に忍ばせ、土蔵の奥に隠しておいた。

正敦の私室と短い渡り廊下で繋がる土蔵は専用の書庫で、鰐が描かれた洋書を含む古今の書物が大量に収められている。

その書庫に取り付けた錠前も異国で作られた、日の本では珍しい代物《しろもの》だ。

一昨年に火付盗賊 改《ひつけとうぞくあらため》に任じられ、腕利きと評判を取る先手弓 頭《さきてゆみがしら》の長谷川平蔵宣以《はせがわへいぞうのぶため》に同じ武官のよしみで検めさせたところ、

『見事な出来にござるな。よほど腕の立つ土蔵破りでなくば、手に負えますまいよ』

と、太鼓判を捺《お》してくれたものである。

鍵は日頃から正敦が自ら管理し、整理整頓や虫干《むしぼ》しも人手を借りずに済ませているため、盗人は元より家中の者に見られる恐れもない。

こうして書状の存在が発覚するのを防いだものの、肝心なのは先々のことだった。

「……意次亡き後、天下に一大事あらば余さず江戸表に持ち帰り、御公儀の御為に一両残らず奉ること、切《せつ》に頼み参らせ 候《そうろう》。元より金銭には貴賤《きせん》なく、善き行いに費やさば浄財と相成り、悪しき行いに散じれば悪銭《あくせん》と成り果てるのみ。意次が貯えし経緯については是非に及ばず、活かすも殺すも使い道次第と心得、しかるべく取り計らうこと、正敦殿に重ねて頼み参らせ候……」

正敦が呟いたのは、脳裏に刻み込まれた書状の末文。

文中で自称に名前を用いたのは意次の癖である。

歌作で磨《みが》かれた流麗な筆跡と共に、本人の手になることの証左と言えよう。

その一節を口にしたことで、意次に名指しされたのも思えば妥当なことだと正敦は気づいた。

「余さず江戸表に持ち帰り、か……。余人では千両箱の数が揃わず、難儀をするのが目に見えておるな」

十年前に百万両を隠した際に、正敦は重要な役目を果たした。

伊達の家中から運び手として信頼の置ける者を厳選し、相良の城中から運び出した千個の千両箱を船に積み込ませ、秋田に届けた後も監視を怠らず、銀山の廃坑内に分けて隠した最後の一箱が埋め終わるまで立ち会ったのである。

意次は計画の実行に先立って、まだ二十代だった正敦と会っている。

兄の重村と、当時の佐竹家の当主であった義敦も同席してのことだ。

計画に協力した者たちの中で意次が直に顔を合わせたのは、この三人だけである。

重村は船を、義敦は隠し場所を用意するために便宜《べんぎ》こそ図ったものの現場にまでは出向いておらず、一部始終を見届けたのは正敦のみ。

後々のことまで任せられると、意次が見込んだのも当然と言えよう。

しかし、今の正敦は堀田家の婿養子。

堅田一万石の臣民の暮らしを、双肩《そうけん》に担っている。

そんな正敦の現状を、書状を井戸に投じた人物は理解していないらしい。

故人の遺志を書かれた通りに実行しろと言わんばかりに、己《おの》が立場を明かした文の一通も添えることなく突きつけてきたのは、勝手に過ぎる。

さりとて、無視するのは危険であろう。

田沼派を一掃した定信は、意次に倣《なら》って賄賂や不正で私腹を肥やした者を御役御免にするのみならず、死を以て罪を償わせている。

勘定奉行配下の組頭として羽振りを利かせ、狂歌や戯作の作者たちを金銭的に支援しつつ自らも狂歌を手がけた土山宗次郎《つちやまそうじろう》は切腹による自裁を許されず、武士にとって恥辱でしかない死罪に処され、首を斬られて果てている。

定信が老中首座になると同時に吹き荒れた粛清《しゆくせい》の嵐の中、罪を免れたのは伊達家の関係者たちだった。

猟官《りようかん》運動で意次に多額の賄賂を贈った重村には何の咎めもなく、家中の医師だった工藤平助《くどうへいすけ》も意次の命《めい》による蝦夷地探検の中心人物ながら罪に問われず、同行した弟子たちも不問に付されている。

流石の定信も名門の伊達家には手を出せず、心中は穏やかならざるものだったはずだが重村の弟である正敦は粗略《そりゃく》に扱われることなく、むしろ目をかけられていた。

意外な寛容さも、意次の関係を知られては続くまい。

期待と信頼を裏切った正敦は今後の出世が望めぬどころか大番頭を罷免され、堀田家にも累《るい》が及ぶことだろう。同じ一万石でも実収の乏しい地に改易《かいえき》されるか、莫大な出費を伴う御手伝普請《おてつだいふしん》を課されるのを覚悟しなくてはならない。

こたびは伊達家も無事では済まず、名門にあるまじき愚行に及んだと定信から叱りを受け、佐竹家と共に天下に恥を晒すは必定だ。

そんなことになれば、正敦には立つ瀬がない。

「殺生にございまするぞ、主殿頭様……」

正敦は力なく呟いた。

詮無《せんな》きことと分かっていても、愚痴は口を衝いて出るばかり。

胸の動悸と頭痛は、いまだ治まらぬままだった。

二

上屋敷の表門に連なる長屋では、江戸詰めの家来たちが暮らしている。

文吾と武乃があてがわれたのはたまたま空いていた、並びの端の部屋だった。

「百万両だって？」

「殿におかれては間違いのう、左様に仰せになられたのだ。青いお顔をなされてな」

呆気《あっけ》にとられた武乃に、文吾は小声で告げる。

武乃も両隣の部屋に聞こえぬように、声を潜める用心を怠らなかった。

「馬鹿馬鹿しい。お大名と言っても、うちの殿さまは一万石だよ。そんな途方もないおあしと縁があるはずないだろうに」

「いや、たしかに聞いたのだ」

「空耳《そらみみ》じゃないのかい、兄さん」

「その呼び方は止せ。かりそめでも夫婦であろう」

「だったらさぁ、ちっとは夫らしいことをしておくれな」

「止《よ》さぬか。腹の子に障《さわ》るぞ」

身を寄せてきた武乃を、文吾は隣の布団へ押しやった。

大名屋敷の長屋は町人が暮らす裏店《うらだな》より間取りが広く、座敷の他に中間《ちゅうげん》が寝起きをする小部屋も付いている。

須貝家を出て移り住んだ当初の文吾はその三畳間を用いていたが、他の家臣たちに覗かれた時に夫婦らしくないと思われては困ると武乃に叱られ、やむなく同じ座敷で寝食を共にしていた。

「お医者の診立《みた》てじゃ、無茶さえしなけりゃ心配はないそうだよ」

「無茶とは、何だ」

「ほら、四十八手《しじゅうはって》をあれやこれやと試したり、四ツ目屋《よつめや》の性具《おもちゃ》でいたずらをすることさ」

「さ、左様なことを明け透けに申すでないわ」

「おや兄さん、両国の四ツ目屋を知ってんのかい？　あたしが出刃打ちの芸で稼いでた見世物小屋の近くだけど、一度も来てくれなかったじゃないか」

「……下女たちが井戸端で話しておるのを、たまたま通りかかって耳にした。嫁入り前の娘が恥ずかしげもなく、あれは具合がいいだの太すぎるだのと、よくもあのようなことを口にできるものだ」

「色ごとってのは別に悪いことじゃないんだよ、兄さん」

「分かっておるわ。されど、武家奉公には節度というものがだな……」

「いけないねぇ。そんなお堅いことじゃ、ご用人のお役目なんて務まらないよう」

からかうように告げながら、武乃がまた身を寄せてくる。

「ええい、盛《さか》っておらずに早う休めっ」

文吾はすかさず押し返す。

語気こそ強いが、力は加減されたものだった。

「それじゃ、頭ぐらい撫でておくれな」

「頭だと？　幼子でもあるまいに、何を申すか」

「兄さんが撫でてくれると落ち着くんだ。子供の時は毎晩してくれただろ」

「仕方あるまい。あの頃のおぬしは泣き虫であったゆえ、放っておけなかったのだ」

「泣くと余計にお師さんにしごかれて、また泣いて……どうして子供ってあんなに涙が出るんだろうね」

「幼子は大人と違うて体が熱を帯びておるゆえな、血も涙も巡りが良いのであろう」

「それじゃ兄さん、あたしはいいから赤んぼの頭を撫でてやっておくれな」

「……腹に触れということか」

「ほら、早く」

武乃が文吾の手首を取った。

「くっ」

文吾が思わず呻《うめ》いたのは、さりげなく関節を極められてしまったがゆえのこと。

「不覚……手裏剣ばかりか体術も、俺の知らぬ間に腕を上げおって」

「あたしたちは戦うことしか知らない身だよ。腕を磨くのを怠けちゃいられないよ」

「その通りだが、今は子供を大事にせい」

文吾は真面目な顔で武乃に説いた。

手首の筋を傷めるのを防ぐため、引き寄せる動きに逆らわない。

「だからさ、兄さんもこの子を大事にしておくれな」

文吾の大きな手を、武乃は襦袢《じゅばん》の下に引き入れた。

腹帯《はらおび》越しに触れた武乃の肌は幼子のごとく、じんわりと温かい。

「おや、動いたぞ」

「ほんとだ」

思わず顔を綻ばせた文吾に、武乃は微笑む。

節くれだった指で腹の膨らみを撫でる手つきは、武骨《ぶこつ》ながらも優しかった。

「俺も父親となるからには、見習いのままではいられぬな」

撫でる動きを止めることなく、文吾は呟く。

「そうだよう。しっかり励んでおくれな、兄さん」

「これ、その呼び方はするでない」

「だったらどうしてほしいのさ。旦那様とでも呼ぼうかね」

「左様に呼ばれる貫禄など俺にはあるまい。お前様で頼む」

「分かったよう」

甘えた声で答えると、武乃は文吾を見返した。

「それじゃ、言い直すよ」

「うむ」

「お、ま、え、さ、ま」

「………」

ぴたりと止まった手のひらは、一瞬にして熱を帯びていた。

「何さ、武骨者が照れた顔しちゃって」

「いや……いざ呼ばれてみると、面《おも》はゆうてな」

「だったら元に戻そうか」

「いや、これでよい」

「気に入ったみたいだねぇ。良かった良かった」

「これ、武乃」

「あたしはお前、がいいな」

「……お前」

「はい、お前様」

「うむ、よき響きだな」

どちらからともなく、二人は手を取り合った。

「ふふ」

「はは」

剣客修行を通じて鍛えられた夜目を利かせ、互いの笑顔を見つめ合っていた。

三

「……何者かは存ぜぬが、抜け目のなき真似をしおったな……」

正敦は痛む頭を押さえたまま、思案を巡らせ続けていた。

意次が権勢を誇った十年前、自ら筆を執った書状は七夕の井戸浚いに合わせ、故意に投じられたに相違ない。

見つかったのが上水井戸ならば誤って川に落としたのが樋を伝い、偶然にも流れ着いたと考えられるが、この上屋敷の井戸は地下水を汲み上げる掘り抜きで、水道とは繋がっていない。かつて上麻布にも供給されていた玉川上水の分水は享保の頃に廃止されて久しく、水道の上水が混入する可能性はあり得なかった。

井戸に書状を投じた人物は、正敦と意次の関係を知っている。

田沼家の者ではないだろう。亡き意次が百万両もの隠し金を遺したと知れば佐竹家と直《じか》に掛け合って手中に収め、意明を復権させる資金として活用するはず。身内でもない正敦を、わざわざ回りくどい手段を用いてまで担ぎ出すには及ぶまい。

さりとて、佐竹家か伊達家が関与しているとは考え難い。

両家共に財政難を抱えているものの、あの百万両には手を付けられない。役に立たないからには金と思わず、石ころも同然と見なして放っておくだろう。

考えられるのは意次が私財を没収された際、相良城と各屋敷に派遣された者の誰かが隠された書状を見つけ、密かに持ち出した可能性。

定信の命《めい》によって派遣された役人たちは主に旗本だ。

書状にしたためられた内容を正敦が忠実に実行し、幕府が百万両を得ることは将軍家の直臣《じきしん》である彼らにとっても、喜ばしいに違いない。

百万両という金額はかつて幕府が財政難を乗り切るために繰り返した、一両小判の改鋳《かいちゅう》に伴う出目《でめ》——額面をそのままにして含まれる金《きん》だけを減らし、生《しょう》ぜしめる差益の一回分に等しい。

それだけの額が幕政の予算に補塡《ほてん》され、生活苦に喘《あえ》ぐ旗本に分配されれば、確実に暮らし向きは好転する。

格下ながら同じく将軍家御直参である御家人も札差からの借金を清算し、形振《なりふ》り構わず内職に励まずともよくなれば、町人に二本棒と軽んじられ因縁をつけられる風潮も少しは改まることだろう。

「したが、越中守様は意地でもお受け取りなさるまい……」

正敦が悩ましげに吐息を漏らす。

定信は意次に対し、いまだ恨みが尽きずにいる。

田沼家への非情に過ぎる扱いが、何よりの証左であろう。

喉から手が出るほど入り用であっても、かつての政敵が遺した百万両を受け入れるとは思えない。

意次の亡き後に幕政を担ったのが定信ではなく、たとえば共に老中職を務めていた水野出羽守忠友《みずのでわのかみただとも》のように砕けた人物であれば諸手《もろて》を挙げて百万両を受け取り、幕府の財政難の解消に費やすはずだ。盟友だった意次と共に賄賂を取ることを常としていた人物だけに一部を着服するのは目に見えているが、本来の使途は忘れずに、窮乏した旗本と御家人を救うために確実な手を打つことだろう。

しかし意次の後釜《あとがま》に座ったのは、一番の政敵だった定信だ。

老中職を罷免された忠友は、今や駿河沼津《ぬまづ》の一大名に過ぎない。

国許の政も正敦が耳にした限り、地の利を活かしているとは言い難いものだった。

「駿河と遠州を制さば四海《しかい》を制す、か……」

正敦が溜め息交じりに呟いたのは意次と初めて会った時、熱っぽく語られた話に出てきた言葉であった。

駿河国は、征夷大将軍《せいいたいしょうぐん》の座を二代秀忠《ひでただ》公に譲り、大御所《おおごしょ》となった神君家康《いえやす》公の終焉《しゅうえん》の地として知られている。

駿府《すんぷ》城を隠居所と定めた家康公は城下の湊《みなと》を拠点とし、独自に異国との貿易を行うことで利益を上げ、駿河を貿易立国とする計画を推し進めていたという。江戸の秀忠公と共に諸国の大名に睨みを利かせ、徳川の天下を盤石《ばんじゃく》としながらも自身は海外に雄飛すべく、老骨の身で先陣を切ろうとしたのである。

大坂の陣から間もなく家康公が急逝して実現には至らなかったものの、晩年の神君に青年のごとき野望を抱かせるほど、駿河が天然の良港に恵まれていたのは事実だ。

この駿河に近い遠州の地でかつて意次が大名として治めた相良五万七千石も、貿易立国となり得る可能性を秘めた藩であった。

これも正敦が意次に初めて会った席上で、兄の重村と共に拝聴した話である。

「あの折は兄上も、かつてないほどに目を輝かせておられたな……」

意次が語った話には、それだけの魅力があったのだ。

旗本から大名に取り立てられ、意次が藩主となったのは宝暦《ほうれき》八年、西洋の暦で一七五八年のことである。

当初に与えられた石高は大名として最低限の一万石で、前の藩主だった本多長門守《ほんだながとのかみ》忠央《ただなか》が親族の不祥事に連座し、公儀に没収された二万石の半分でしかなかったが四年後の宝暦十二年に一万五千石となり、九年後の明和《めいわ》四年に意次が十代家治公の側用人として抜擢されると更に五千石を加増され、城を持つのを許された。同じ二万石でも忠央が陣屋大名どまりだったのと比べれば、破格の待遇と言えよう。

かくして城持ち大名となった意次が築城に着手したのは明和五年、一七六八年。本丸が棟上げされて完成するに至ったのは、十一年後の安永《あんえい》八年、一七七九年。

出世を重ねながらも急くことなく、完成に至る過程を楽しむかのように進めさせた築城において、意次は城と直結した湊の整備に力を入れている。過去の藩主が活かしきれずにいた地の利に目をつけ、大型の船も入ることが可能な河岸を調えたのだ。

その河岸を築くのに必要な石を提供したのが、伊達家であった。

良質の石材を惜しみなく切り出させ、国許から相良まで運ばせたのは重村。

高い官位を得るために便宜を図って貰ったがゆえのことと世間は見なしたが、重村が意次に期待したのは、猟官の手助けだけではない。

意次は北の大国であるオロシャに相良湊を開き、仲介役に欠かせぬアイヌとも友好的な関係を築き、過剰に利益を搾取《さくしゅ》する松前家と出入りの商人を排除した上で貿易を始めようとしていた。その計画に加わることを切望したがゆえに重村は伊達家の財政難を顧みず、湊の建設に欠かせぬ石材を提供したのだ。

重村の先祖である伊達政宗《まさむね》は家臣の支倉常長《はせくらつねなが》をイスパニアへ派遣し、独自に貿易を行おうとした史実で知られている。

徳川将軍家が身分制度を否定したキリシタンの教えを恐れるあまり、イスパニアを含む布教に熱心な西欧各国と国交を断絶したために、将軍家の信頼が篤かった政宗は計画を中止せざるを得なくなったが、もしも実現していれば仙台は家康の駿府と共に貿易立国となり、年貢の収入に頼るばかりの体制を脱却できたのではあるまいか？

時を超え、藩祖の夢を叶えたい。

政宗を敬愛する重村の望みに、正敦は弟として助太刀することを志願した。

信頼の置ける者を伊達の家中から厳選し、相良城から運び出された千個に及ぶ千両箱を秋田の地に届けた後も抜かりなく、銀山の廃坑に隠されるのを見届けてきた。

一国の大名であるがゆえに行動を制限される兄とは違う、気楽な部屋住みだった頃の正敦だからこそ全うできたことだ。

その折の働きぶりを認めたがゆえ、意次は戻す役目を正敦に任せたいと考えたのではあるまいか。

難儀と思わず、誉《ほま》れと受け取れば励みにもなるだろう。

いま一度、意次のために立ち上がろう。

定信を説得して恩讐《おんしゅう》を超えさせ、百万両を将軍家のために活かして貰おう。

遠い先祖の政宗が同じ状況を前にして、引き下がったとは思えない。

及ばずながらも子孫として、成すべきことに挑むのだ。

「ご照覧《しょうらん》あれ、政宗様……」

微笑みと共に呟く正敦の顔には、いつしか血の気も戻りつつあった。

その笑顔が、ふと強張る。

「無理だ」

呟く声は一転し、絶望に満ちている。

定信は元より家斉も逆らえぬ、一人の男の存在を思い出してのことだった。

その男の名は徳川治済《はるさだ》。

家斉の実の父にして一橋徳川家の当主の治済は、定信の従兄弟《いとこ》に当たる。

気さくで朗《ほが》らかな、一見すると人畜無害な男である。

この治済によって、幕府は牛耳《ぎゅうじ》られている。

我が子を養嗣子として送り込んだ将軍家のみならず御三家まで抑え込み、伊達家を初めとする名門の大名たちも逆らえない。

機を見るに敏な治済は長らく手を組んだ意次が落ち目になるや早々に見限り、一度は敵対した定信を懐柔。若い家斉に代わって幕政を担う老中首座の席を用意することによって、積年の敵意を霧散させた。

当の治済は御政道に全く関心がなく、将軍の座に据えた息子の恩恵による贅沢三昧を満喫《まんきつ》するばかり。将軍家の直臣である旗本と御家人の苦労など意に介さず、浪費を重ねて憚らない。

それでも百万両を将軍家に献上して構わぬのか？

今の将軍家は恩恵を受けるに値しないと見なし、手を付けずにおくべきか？

正敦の独断だけで踏み切れることではなかった。

「無理だ」

静まり返った部屋の中、絶望の声が虚しく響く。

その残響が夜の闇に消えた時、正敦は布団に突っ伏《ぷ》していた。

四

翌朝、定信は登城して早々に思わぬことを知らされた。

「摂津守が病に臥《ふ》せっておるだと？」

「恐れながら高熱に浮かされ、頭も上げられぬ有様にございまする」

恐縮しきりで報告してきたのは、堀田家の江戸家老だ。

「あれほど壮健な男が、解《げ》せぬことだの」

「ち、誓《ちこ》うて仮病ではございませぬ」

ふと呟いた途端、江戸家老は血相を変えた。

ずっと伏せていた角張った顔を、動揺の余りに上げている。

当年三十二の定信より遥かに年長の、武骨に見えて日頃はそつのない男だ。

「元より疑うてはおらぬ。病と偽りて欠勤致さば罰せねばならぬが、摂津守に限って左様な真似はすまい」

「恐れ入りまする、越中守様っ」

努《つと》めて穏やかに説き聞かせると、いかつい江戸家老は重ねて頭を下げた。

「左様な次第にございますれば何卒《なにとぞ》よしなにお取り計らい頂きたく、切《せつ》にお願い申し上げまする」

江戸家老は陪臣と呼ばれる大名の家臣たちで唯一、主君の付き添いや連絡役として千代田の御城中に立ち入るのを許された存在だ。

とはいえ中奥はもとより表の各部屋にも入ることは禁じられ、待機する場所と定められた廊下の一角から先には通されない。

日頃から目をかけている正敦のお付きとあっては無下にもできず、他の老中たちと共に出仕した中奥の御用部屋からわざわざ取って返して面会に及ぶのもやぶさかではなかったが、丈夫な上に勤勉な正敦が長期の欠勤を願い出るとは意外に過ぎた。

ともあれ、病となれば是非もあるまい。

「くれぐれも大事に致せと、摂津守に申し伝えよ」

「ははっ、かたじけのう存じ上げまする」

定信の答えに謝し、江戸家老は更に深々と頭を下げた。

「されば、参るぞ」

一言告げると、定信は踵を返した。

江戸家老の慇懃《いんぎん》に過ぎる態度は定信が旗本と御家人のみならず、大名に仕える家臣にも厳しい態度で臨んでいるのを知ってのことに相違あるまい。

家中から戯作に勤しむ者を出した秋田の佐竹家と小島の松平家に苦言を呈し、松平家の倉橋寿平に関しては定信が直々に問い質すべく、密かに呼び出しをかけたことも恐らく承知の上なのだろう。

腹心の水野為長《ためなが》が調べたところによると、戯作に手を染めていた武士の多くが相次いで絶筆したため、書き手を失った版元が困惑しているという。

定信が寿平を呼び出したことに始まる現象である。

余人の目がある場所で必要以上に礼を尽くされるのは困ったものだが、戯作者の件は結果としては喜ばしい。

売り出し中の山東京伝《さんとうきょうでん》のような町人の戯作者たちは、行き過ぎた真似をしなければ放っておいても構うまい。

締めつけるばかりが能ではないことは、定信も分かっている。

定信自身は微塵も必要を感じぬものの、人には娯楽が必要だ。悪所《あくしょ》と呼ばれる遊里《ゆうり》や盛り場も根絶やしにしてはなるまい。新興の盛り場ながら意次の庇護の下で栄えた大川の中洲新地《なかすしんち》は潰したものの、公許の遊郭である吉原《よしわら》は元より、主だった岡場所に寺社の門前町、両国の広小路や日本橋近くの芝居町などは、市井の民が生業《なりわい》に勤しむ合間の息抜きのため、残してやるべきだろう。

しかし、武士が現《うつつ》を抜かすために利用させてはなるまい。

刀取る身で戯作を手がけるのも、定信から見れば悪しき所業。

十年前に獄死した平賀源内は武家とは言っても軽輩に過ぎず、去る三月に病死した平秩東作《へづつとうさく》と共に田沼意次に与《くみ》していたのは許せぬことだが、仏となったからには是非には及ぶまい。定信も死人に鞭打つのは意次だけで十分だった。

（後は太田南畝《なんぽ》こと直次郎《なおじろう》、そして恋川めを残すのみだの……）

胸の内で呟く定信は、戯作を読みもせずに否定しているわけではない。

寿平が恋川春町の筆名で著した黄表紙も、一作だけをたまたま手にして目くじらを立てたのではなく、挿絵のみを手がけた作品も含め、余さず読み込んだ。なればこそ荒唐無稽《こうとうむけい》な物語の裏で自分がどのように笑いものにされているのか、細部に至るまで把握していたのである。

表を抜けて中奥に入った定信は、小姓の控えの間の前で歩みを止めた。

将軍の御側近くに仕える小姓たちは半刻、約一時間ごとに交代で休憩をとる。折しも竜之介は火鉢の前に膝を揃え、茶を煎じている最中であった。

湯で温めていた碗は家斉のものである。

常のごとく所望され、これから運ぶところなのだろう。

「これは越中守様、御役目ご苦労に存じ上げまする」

竜之介の傍らに座っていた水野忠成が、敷居の向こうに立っていた定信に向き直ると恭しく頭を下げた。

「おぬしこそ大儀であるな、大和守《やまとのかみ》。上様におかれては御茶を御所望か？」

「左様にあらせられまする。昨夜は大奥へ御渡りになられ、御台所《みだいどころ》様と御酒《ごしゅ》を少々御過ごしになられましたそうで」

「そのことならば承《うけたまわ》っておる。本日は御控え頂くように申し上げておこう」

「お頼み致しまする」

慇懃に頭を下げる忠成は当年二十八歳。先代将軍家治公の下で小納戸を振り出しに御側仕えの経験を重ねた奥小姓だ。若くして大和守の官名を持ち、男ぶりの良さに加えて武芸にも秀でており、家斉が日課とする打毬《だきゅう》と剣術の稽古相手として竜之介と共に欠かせぬ存在である。田沼派の老中だった水野出羽守忠友の養嗣子という立場さえなければ出世をさせるに値《あたい》する、有為の人材であった。

二人が言葉を交わす間も、竜之介は茶を煎じるのに集中していた。

碗を温めた湯を小ぶりの急須に注ぎ、茶葉を投じて蓋をする。

奥小姓に抜擢された春から夏、そして秋と季節が移っても変わることなく、竜之介だけが任されている御役目だ。

飲み頃に煎じられた茶が、急須から碗に注がれた。

「大和守殿」

竜之介が忠成に呼びかける。

「大儀」

碗を載せた茶托を捧げ持つと、忠成が腰を上げた。

息の合った連携ぶりが小気味よい。

定信がそう感じられぬのは、いまだ田沼憎しであるからだ。

「風見、こちらも一服頼む」

「俺もだ」

「いつも手数《てすう》をかけるのう」

忠成を送り出した竜之介の許《もと》に、同役の小姓たちが集まってくる。

岩井俊作《いわいしゅんさく》に高山英太《たかやまえいた》、安田雄平《やすだゆうへい》。

いずれも大身旗本の御曹司で、竜之介が格下の小納戸から小姓に抜擢された当初は敵意を燃やし、主殿頭の甥をどのようにやり込めてやろうかと手ぐすねを引いていたのが嘘のごとく、親しげに接している。

たしかに、竜之介が煎じる茶は美味い。

昼八つ、午後二時に火鉢が消された後に携帯用のたたみこんろで湯を沸かし、大小の急須と共に竜之介が持参した小ぶりの碗で喫するのが心地よく、さりげなく添えて供する干菓子《ひがし》も、素朴でありながら味わい深いのを定信は知っている。

元より御城中には茶坊主が詰めており、所望すれば濃茶も薄茶も振る舞われる上に殿中に不慣れな大名や旗本の世話役もしてくれるが万事は金次第で、心づけの払いが悪い者は露骨に扱いに差をつけられ、御役目の上で聞き込んだ情報も、気前のいい者にしか漏らさない。

小姓も旗本としてそれなりの地位にあるため、茶坊主との付き合いは必要だが近頃は情報源に利用するのみで、本業の茶は誰も所望しなくなっていた。

「うむ、美味い」

ほのかに湯気の立つ茶を一口啜り、恰幅の良い俊作が破顔した。

「風見の茶を喫すると頭が冴えるな」

ひょろりと背の高い英太が、心地よさげに目を閉じる。

「その冴えた頭を、せいぜい御役目に役立てねばな」

細身で華奢な雄平は肩をすくめて皮肉を言いながらも、竜之介が持参のあられを茶と共に楽しんでいた。

「……」

控えの間でくつろぐ小姓たちを顧みず、定信は再び歩き出す。

平家蟹を思わせる顔は今日も厳めしい。

えらの張り出した顎は、常にも増して角度が鋭い。

当人も気づかずに、ぎりりと歯を嚙み締めていた。

五

「猪田、ご家老がお呼びであるぞ」

文吾が思わぬ呼び出しを受けたのは帳簿の整理を申しつけられ、太い指でたどたどしく算盤《そろばん》を弾いている最中のことだった。

知らせに来たのは、正敦付きの若い近習だ。

「何をぐずぐずしておる。早うせい」

近習は端整な顔を顰めて文吾を急かす。新参ながら年嵩の文吾に全く敬意を払わぬのは毎度のことだが、声も態度もいつも以上にとげとげしい。

「申し訳ござらぬ。しばしお待ちくだされ」

検算が途中の文吾は、背を向けたまま近習に告げる。

「無礼者め、先達《せんだつ》に尻を向けて物を言いおるか」

「いえ、尻は斜《はす》にしております る」

「左様なことはどうでもいい。新入りの分際で生意気だぞっ」

自分から難癖をつけておいて不利になると話を逸らすのは、青二才にありがちだ。

腹立たしいが、まともに相手にするだけ馬鹿らしい。

ご破算にした算盤を文机に置き、ずいと文吾は腰を上げた。

玄関脇の用部屋を後にして廊下を渡り、向かった先は江戸家老の待つ広間。千代田の御城で言えば中奥の御座之間《ござのま》に当たる、当主の正敦が家中の重役たちと政務を行うための部屋だ。

「猪田文吾、ご家老様のお呼びによって参上つかまつりました」

「入れ」

閉じられた障子越しに訪《おとな》いを入れると、江戸家老が直々に答えを返してきた。

あらかじめ人払いをしておいて、文吾と二人きりで話すつもりらしい。

文吾は武骨な顔を更に引き締め、厳《おごそ》かに障子を開いた。

「参ったか、猪田」

上席《じょうせき》から呼びかける江戸家老は、疲労を隠せぬ面持ち。

下城したのを文吾が玄関で迎えた時と同じ、裃《かみしも》姿のままである。帳簿の整理に文吾が苦戦している間も他の者を呼び、話をしていたらしい。

「ご免」

敷居際で一礼した文吾は広間に入り、江戸家老の前に膝を揃えた。

「おぬしに尋ねたいのは他でもない。御上《おかみ》のご容態に関する心当たりじゃ」

前置きをする間も惜しみ、江戸家老が問いかけた。

「心当たり、と申しますると」

「しらばっくれるでない。御上にお届けしたという、胡乱な包みのことだ」

「………」

「近習の者たちから話を聞いた。おぬしはあやつらの目を盗み、御上がお夜食を召し上がられている最中にお目通りを願《ねご》うたそうだの」

「ご無礼の段、平《ひら》にお詫び申し上げまする」

「詫び言が聞きたいわけではないわ。面を上げよ」

平伏した文吾に、江戸家老は声を荒らげた。

しとどに流した汗を吸い、肩衣《かたぎぬ》が湿っている。千代田の御城との行き帰りに流した汗に加え、脂汗と冷や汗も多分に交じっているのだろう。

「答えよ猪田、その包みの中身は何であったのか」

「……御上に対し奉《たてまつ》り、したためられました書状にございまする」

「表書きには間違いのう、御上のお名が書かれておったのだな？」

「は」

「差し出したのは何者だ」

「書かれておりませんでした」

「中を見なければ分からぬということか……」

「ご家老様、あの書状を何故にそこまでお気になさるのでございまするか」

「決まっておろう。御上がご体調を崩されし理由《すみ》が、他には考えられぬからだ」

「……それがしはもしも火急のご用向きならば速やかにと思い、無礼を承知でお届け申し上げただけにございます」

「おぬしの忠勤は日頃から存じておる。したが、こたびはそれが裏目に出たぞ」

「御上のご容態は、それ程までに優れられぬのでございまするか」

「診立てによると、お心に痛手を負われたがために、お体が御意《ぎょい》のままに動かせなくなってしまわれたとのことじゃ」

「……左様にございましたのか」

「心当たりがあるのか、猪田」

痛ましげに呟く文吾に、江戸家老がすかさず問う。

「書状については分かりませぬが、その病は存じておりまする」

「おお、真か」

「憚りながらそれがしも、同じ病にかかっておりまする」

「左様であったか……実を申さば、このわしもじゃ」

「ご家老様も、でございまするか？」

「わしは弓を少々遣うが、存じておるか」

「御上からご直々に伺うておりまする。ご当家で右に出る方は居られぬと」

「おぬしにも左様に仰せになられたのか。勿体《もったい》なきことじゃ」

江戸家老は照れた様子で微笑んだ。

「自ら申すのも何だが、わしの弓はよう当たる。敵《かな》う者は国許にもおらぬぞ」

語る口調は先ほどまでとは一変し、生き生きとしたものになっている。

文吾は余計な口を挟まず、じっと耳を傾けていた。

「病んでしもうたのはおぬしと同じ、三十を間近にした頃であった。ここぞという時に限って弓手《ゆんで》が強張り、狙いを外してしまうようになっての」

「左のお手が……」

「どの医者に診て貰うても埒が明かなんだが、座禅に通いし寺の和尚が教えてくれたよ。五体の動きを司《つかさど》るは心、縛るもまた心であるとな。言われて気がついたが当時のわしは役儀の上でも配下に突き上げを喰らっていてな、追い抜かせまいと気を張りてお役目に徹する余り、身も心もがんじがらめにしておったのだ。聞けば蹴鞠《けまり》や打毬の手練にも左様なことがあるそうだ」

「………」

「御上がお立ちあそばすこともままならぬのはご家中のみならず、天下の御政道に関わりあってのことやもしれぬ。お独りで抱え込まずに、臣下を頼っていただくように願い上げたいのだが、子細が分からねば切り出せまい」

「ご家老様……」

「申してみよ、猪田」

「……されば申し上げまする」

文吾は意を決した面持ちとなり、図らずも耳にした正敦の言葉を明かした。

六

江戸家老の取った行動は迅速だった。

「ご家老様、お止《や》めくだされっ」

「御上は臥せっておられるのですぞっ」

「ご乱心！　ご家老様が……」

「やかましい。口先だけの若造は邪魔立て致さずに退《の》いておれ」

行く手を阻んだ近習たちを追い払い、推参したのは正敦の私室。文吾も同行させてのことである。

「その声は……おぬしであったか……」

「左様にございまする。ご無礼の段、平《ひら》にお許しを」

騒ぎを聞いて目覚めた正敦の枕辺に膝を揃え、江戸家老は平伏した。

正敦は布団に肘《ひじ》を突き、辛うじて身を起こす。

「横になったままでは話もできぬゆえな……用向きあらば、はきと申せ」

「流石は御上、よくぞ御身《おんみ》を起こされましたな」

正敦を讃える江戸家老の声に、主君を軽んじた響きはない。

「されば御上、主殿頭様のご書状とやらを拝見させてくだされ」

「何っ……」

「お慌て召されるには及びませぬ。あらましはこれなる猪田より聞き出しました」

「身共の独り言を盗み聞いておったのか、猪田……」

「お叱りは如何様《いかよう》にもお受け致しまする」

啞然とする正敦に向かって巨軀を這いつくばらせ、文吾は畳に額を擦りつけた。

「それにしても、御上は水臭うございまするぞ」

江戸家老が文吾を庇うかのように割り込んだ。

「水臭いとな」

「猪田の話から察するに佐竹様のご領内から百万両を頂戴し、取って返さば宜しいのでございましょう。堅田水軍の裔《すえ》たる我が一族ならば容易《たやす》きことにございまする」

「おぬし……」

「元より伊達様とは比べるべくもなき小藩なれど、戦国の乱世に名を馳せたのは憚りながら我らが先祖が前《さき》にございまする。どうか大船に乗ったおつもりで、何事もお申しつけくだされ」

「頼もしきことだの」

胸を張って言上《ごんじょう》する江戸家老を前にして、正敦は微笑む。

強張りきっていた両の手足から、既に力《りき》みは抜けていた。

七

正敦が西ノ丸下の定信の役宅を訪れたのは、その日の夜のことだった。

用いた乗物の紋所は梅鉢《うめばち》。

堀田家が所有する駕籠ならば、丸に堅木瓜《かたもっこう》か九枚笹《くまいざさ》のはずである。

「それなる乗物は何としたのだ、摂津守？」

「先だって拝借つかまつりましたお駕籠にございまする」

為長から急を知らされた定信が自ら玄関に駆けつけると、正敦は式台に降り立ったところであった。

「用向きはそれだけではあるまい。何故の来訪だ」

「恐れながら一橋《ひとつばし》様のお目を欺くため、久松松平様が紋所を使わせて頂きました」

「治済殿の？　どういうことじゃ」

「お人払いを願えまするか、越中守様」

戸惑う定信をじっと見返し、正敦は告げる。

「……よかろう」

しばしの後、定信は頷いた。


定信は正敦を奥の私室へ案内した。

「左内、おぬしも下がりおれ」

「殿」

「摂津守は身共が見込んだ男だ。案ずるには及ばぬ」

「……されば、仰せのままに」

為長は一礼し、廊下に出る。

「お客人ですか、水野様」

声をかけてきたのは咲夜であった。

この毒婦が客人として何食わぬ顔で住み込んでいたために、定信の動向はこれまで筒抜けになっていたのだ。

「先生にござったか」

答える為長は憮然とした面持ちである。

「ご来客中にござれば、先生もご遠慮願いますぞ」

「まぁ、どなたのお越しですか？」

「堀田摂津守様にござるよ」

「大番頭でしたね。知勇兼備だと評判の」

「さて、どうでござろうか」

「ご機嫌斜めのようですね」

「お構い召されるな。さ、先生もあちらへ」

「はいはい」

逆らうことなく、咲夜は廊下を渡って去っていく。

為長がらしからぬ嫉妬をしたのが幸いし、毒婦に盗み聞きをされる危機は去った。

正敦は思案を重ねた一部始終を、臆することなく定信に語った。

「……その百万両が天の恵みであれば、謹んで拝受致すのだがな」

「やはり悪銭《あくせん》ではお気に召されませぬか、越中守様」

「悪銭とは申すまい。主殿頭が書き遺せし通り、浄財も悪銭も使い道次第ぞ。あやつの言葉に首肯《しゅこう》致すは業腹《ごうはら》なれど、そのことは身共も同感だ」

「されば、是非……」

「そのことは、と断ったであろう。身共と主殿頭は不倶戴天《ふぐたいてん》の仇同士ぞ。死したところで和解はできぬわ」

「越中守様」

「したが、おぬしには衷心《ちゅうしん》より礼を申す。よくぞ迷いを捨てて知らせてくれたな」

「それは、臣下の後押しあってのことにございまする」

「駕籠先の警固をしておった大男か。確か猪田と申したな」

「猪田もその一人にございまするが、あの者のことをご存じでございましたのか」

「本来ならば罪に問わねばならぬところを免じたゆえな、その後の更生ぶりを見届けるのも務めと思うて一度、おぬしの屋敷に忍びで参ったのだ」

「左様にございましたのか……お構いもせず、失礼を致しました」

「もてなしは猪田が過分にしてくれたゆえ、大事ない。道に迷うた振りをしたところ自身もいまだ不案内でありながら、切絵図《きりえず》で懸命に調べてくれてな。腕に加えて性根も良いとあれば申し分ないの」

「痛み入りまする」

「大事にしてつかわせ」

そう告げると、定信は改めて正敦を見返した。

「越中守様、身共の顔が何とされましたか」

「うむ、相変わらずよき男だと思うてな」

「ご冗談を」

「いや、真に見違えたぞ。おぬしとは会うたびに刮目《かつもく》せねばなるまいの」

元より世辞など言わぬ定信である。

過去と現在の縛りを共に脱した正敦の貌《かお》は、確たる覚悟に満ちていた。

第四章　御家人は挑む

一

早いもので、七月も半ばを過ぎた。

恋川春町こと倉橋寿平が小石川春日町の上屋敷内で腹を切り、四十六年の生に自らの手で幕を下ろした事件の第一報が江戸中を騒がせてから、今日で十日目。

春町が切腹したのが発覚したきっかけは、何者かによる密告だった。

七夕の丑三《うしみ》つ時、市中の主だった瓦版《かわらばん》屋に投げ文《ぶみ》がされたのだ。

記名のない、誰が書いたのかも分からぬ文である。

根も葉もない話ならば見向きもされなかっただろうが、どの瓦版屋も迷うことなく徹夜で版木を彫り、朝の売り出しに合わせて刷り上げた。

迅速な反応は、いずれこうなると予期していたがゆえのこと。

人気の戯作者にして滝脇松平家に仕える重役だった寿平が定信の呼び出しにいまだ応じず、隠居したものの国許に戻った様子がなく、上屋敷内にとどまったままなのは元より瓦版屋も承知していた。

しかし、そこから先は分からずじまい。

大名屋敷の内情は余人には窺い知れぬものである。家来や奉公人はもちろんのこと屋敷内に立ち入るのを許されたご用達の商人たちも口が堅く、瓦版屋が探りを入れたところで事実を明かす者はいない。

まして老中首座が絡んでいるだけに、滝脇松平家の警戒は尋常ではなかった。

この有様では、真相を突き止めるのは無理なこと。

全ての瓦版屋が諦めの心境に至っていた。

そこに来ての投げ文である。

翌朝早々から売り出された第一報は飛ぶように売れ、味を占めた瓦版屋は尾ひれをつけた続報を毎日懲りずに報じていたが、今や関心を示す者など殆どいない。

その一方、寿平の本は売れに売れていた。

版元には注文が殺到し、刷り増しをするのに大わらわ。

戯作の類いは買わずに貸本屋から借りて済ませるものだが、順番を待ちきれない人々は費《つい》えを惜しまずに買い求め、どこの書肆も品切れが続いていた。

挿絵のみを手がけた本も含め、恋川春町の人気は高まるばかり。

その死が偽りであるとは、知るはずもなく——。

「お母はんの言うてはった通りやな。みんな騙されとるのに気づいとらんわ」

「せやろ。越中守もわてには見せへんけど、さぞ吠え面《づら》かきよったことやろなぁ」

神田川沿いの水茶屋では、女将を装った咲夜が綾麻呂と語り合っていた。

他に客はいなかったが、声を潜めることは共に忘れていない。

「それにしても、せっかくのネタにおあしも取らんと宜しかったんどすか」

「そりゃ惜しかったに決まっとるがな。ほんまやったら堂々と売り込んで礼金をたんとふんだくったるとこやけど、足がついてもうたら元も子もあらへんやろ」

「流石はお母はん、諦めが宜しいですわ」

「今回だけやで。次はこうはいかへんよ」

不敵に微笑む咲夜の向こうに見えるのは、朝の日差しに煌めく神田川。

引き潮の影響で、まだ水嵩《かさ》は低かった。大川に面した柳橋《やなぎばし》の辺りでは露《あら》わになった橋杙《はしぐい》に張り付いた貝たちが目につく時分だが、咲夜が水茶屋を出している小川町近くの岸辺はそれ程でもなく、鷗《かもめ》が飛び交う姿も見当たらない。

「綾麻呂、そろそろお屋敷に戻り」

「おや、もう交代する頃合いでっか？」

「お前はんの役目やろ。しっかり覚えとき」

「分かりましたわ。ほなお母はん、お気張りやす」

咲夜に促され、綾麻呂は床机から軽やかに腰を上げた。

二

神田馬喰町の表通りを吹き抜ける風が、捨てられた瓦版を舞わせていた。

恋川春町の最期に関する、根拠のない続報である。

誰かが買い求めたものの、早々に放り捨てたのだろう。

通りかかった人々は拾うどころか、目もくれようとしない。去る十二日に小普請医《こぶしんい》が定信の怒りを買って死罪に処された他に大した事件が起きておらず、ネタに困った瓦版屋が春町の一件に尾ひれをつけて書き続けるしかないと分かっているのだ。

風に舞った瓦版が、前方から歩いてきた武士の足に引っかかった。袴の上からでも枯れ木のごとく細いと見て取れる足だった。

「止《よ》せよ九八《くはち》、そんなもんは読むだけ時の無駄だぜ」

「この世に無駄なものなどありはせぬ。落とし紙に致すには十分だ」

連れが止《と》めるのに構わず、武士は瓦版を拾い上げた。

畳んで懐に入れる前に、ざっと目を通す。

「行年四十六か……五十の節目より四年も早う果てるとは、つくづく哀れなことだ」

「べらぼうめ、他人の生き死にをどうこう言ってるどころじゃねぇだろが」

「いや、何となく言うてみただけだ」

「埒もないことを口走るより、黙って次の上書《じょうしょ》の想《そう》でも練《ね》ってろよ」

「それは時期尚早《しょうそう》だ。松平越中守様がどれ程のお方なのか、見極めるにはまだ早い」

伝法《でんぽう》に告げた連れに答える、武士の態度はあくまで冷静。

体だけではなく顔も痩せていたが、眼差しに意志の強さが見て取れる。

この武士の名は植崎九八郎《うえざきくはちろう》。

当年三十四になる、小普請組の御家人である。

「お前さんは気が長《なげ》えなぁ。とっくに底が見えてると俺は思うぜ」

言い返す連れの男も、三十絡《がら》みの武士だった。

粗衣ながら折り目正しい身なりの九八郎とは違って袴を穿いていないが、着流しの左腰に大小の刀を帯びているので士分と分かる。

「長いのはおぬしの差料であろう。鐺《こじり》が傷だらけになるぞ」

気が長いと言われて少々立腹したのか、九八郎は視線も鋭く指摘した。

たしかに長大な刀であった。

現役の武士が出仕する際に帯びる刀は刃渡りが二尺三寸、約六九センチが標準すなわち定寸《じょうすん》とされている。

現役ではない浪人や隠居でも三尺、約九〇センチが上限だったが、九八郎の連れである三十男が腰にしていたのは四尺、約一二〇センチに近い。並より小柄な身の丈で六尺豊かな大男も持て余しそうな大刀を帯びていれば、柄に左手を添えていても鐺が下がり、地面に引きずりそうになるのは当たり前だった。

「それがどうした、べらぼうめ」

口癖らしい罵倒で応じる、連れの男は平山行蔵《ひらやまこうぞう》。

目も口も小さめだが鼻筋が太い、見るからに気の強そうな面構え。

今年で三十一になったものの家督をいまだ継げない、伊賀《いが》組同心の一人息子だ。

「いいか九八、耳の穴かっぽじって聞きやがれ」

「何だ、言いたいことがあれば申してみよ」

「言われずとも聞かせてやらぁな。刀はただの飾りじゃねぇってこったい」

行蔵の口調はあくまで伝法。三つも年上の九八郎に対し、無頼漢《ぶらいかん》めいた口を利《き》いて憚《はばか》らない。

「飾りでなくば、何だ」

「決まってんだろ、得物《えもの》だよ」

「おぬしがその長物を使いこなせることは存じておる。されど武芸十八般を極めし身ならば、他にも得物はあるだろう」

「俺を馬鹿にすんなよ、弓鉄砲に槍まで持って歩けってのかい？　そんなことすりゃ御法度《ごはっと》だってのは分かってらぁな」

小さな口を喝《かつ》と開き、行蔵は吠え立てた。

「ならば、その刀も控えることだ。技を磨き、短い刀を長う使《なご》うことこそ剣術の要諦《ようてい》であろう」

対する九八郎は、あくまで冷静。並んで歩く行蔵に凄まれても動じることなく、学者然とした態度を崩さなかった。

「へっ、腕はからっきしのくせに聞いた風なことを言ってんじゃねぇよ」

「これでも人並みには遣《つか》えるぞ。文武両道と申すには足りるはずだ」

「何が文武両道だい。越中守に媚《こ》びを売ってよぉ」

「それは拙者が召し出された時に言うてくれ」

行蔵に返す口調は、やや弱気になっていた。

「おや、まだお声がかかってねぇのかい」

驚いた様子で行蔵が問う。

九八郎を馬鹿にしてのことではなく、本当に意外だったらしい。

「隠したところで始まるまい。上書を提出してちょうど二年になると申すに、いまだ何の音沙汰もないのだ」

「そうだったのかい……」

流石の行蔵も言い過ぎたと思ったのか、口をつぐんだ。

無言となった二人は、肩を並べて馬喰町を通り抜けていく。

同じ御家人ながら日頃は接点のない九八郎と行蔵が偶然にも出会ったのは、界隈の口入屋《くちいれや》の店先だった。

妻子ある身の九八郎は言うに及ばず、独り身の行蔵も金は要《い》る。

父親の俸禄は御家人では最低に近い、三十俵二人扶持。祖父母と両親、行蔵の家族五人が暮らすには少なすぎ、家計の足しの武芸指南も今は門人がいなかった。

割に合う仕事があれば、三十男が午前中から二人連れで町を歩きはしない。

九八郎の博識と行蔵の武芸が必要とされ、当人も納得のいく稼ぎ口が幾ら探しても見つからず、嫌気が差してしまったのである。

「なぁ、九八」

行蔵が遠慮がちに問いかけた。

「何だ、行蔵」

言い合いながらも互いに名前で呼ぶあたり、反りが合わぬわけではないらしい。

「お前さん、いっそ辻説法《つじせっぽう》でもやったらどうだい」

「辻説法だと」

「地回りが因縁をつけてきやがったら俺が追い払ってやるよ。分け前は四分六、いや七三でも構わんぜ」

「拙者に投げ銭稼ぎをしろと申すのか。左様な真似を致さば妻《さい》が嘆くわ」

「女房一人を黙らせられねぇのかい？　情けない奴だな」

「独り身のおぬしに言われとうはない。それに無役と申せど勝手が過ぎれば、組頭様のお叱りを受けることになるゆえな」

「そいつぁ俺だって同じだよ。無茶が過ぎると親父が組頭に呼び出され、よくも親に恥を掻かせおったなってしごかれちまう」

「流石は平山家のご当主だな。いまだ息子に後《おく》れは取らぬか」

「ここだけの話だが、俺のほうが強くなってんだよ……安心して老け込まれちゃ張り合いがなくなるから、気づかれねぇように花を持たせているのさね」

「ほう、おぬしは存外《ぞんがい》に親孝行なのだな」

「べらぼうめ、照れるじゃねぇか」

照れ笑いを浮かべた行蔵に、九八郎は親しみの籠もった目を向けた。

この二人、御家人たちの中では世間に名を知られた存在である。

九八郎が一昨年の七月付けで幕府に提出した御政道に関する意見書は『植崎九八郎上書』と称され、軽輩ながら見識を持つ幕臣による建白書として、同年の六月に老中首座となったばかりであった定信も目を通したという。意次が老中として権勢を振るった、いわゆる田沼時代を批判するのみならず、新たに御政道を担った定信への期待を述べたことも目に留まった理由と言えよう。

一方の行蔵は先祖代々武芸に優れ、祖母と母親も女傑《じょけつ》と呼ぶに値する、手練揃いの一家で生まれ育った身。幼い頃から鍛えられ、弓馬刀槍《きゆうばとうそう》に加えて居合《いあい》に柔術、砲術に水練《すいれん》など一通りの武芸を会得した、当節の御家人は元より旗本にも滅多にいない腕利きだった。

「ところで九八、旗本の風見って家を知ってるか」

「風見様と申さば、この先の小川町にお屋敷を拝領しておられるな。小納戸の御役目を代々務められ、家禄の三百石に足高二百石を加えた五百石取りのお家だ」

「何でぇ、やけに詳しいが知り合いかい」

「いや、面識はない。逢対《あいたい》で諸方のお屋敷を訪ねて回っておる内に、自ずと詳しゅうなっただけだ」

「逢対って、何だ」

「ご出仕前のお旗本やお大名にご挨拶申し上げてお見知り置き頂き、御役目に空きが生じた折にご推挙を願うことだ」

「何だそりゃ。登城の間際に訪ねたって、碌に相手にしちゃ貰えねぇだろ」

「分かっておらぬな。ご登城前なればこそ先様《さきさま》はお気を遣われずに済み、ご挨拶申し上ぐる我々も心苦しゅう思うには及ばぬのだ」

「無駄足じゃねぇのかい？」

「左様に思われても仕方があるまいよ。したが一応は記名帳が用意され、こちらの顔を覚えて頂ければ後から照らし合わせ、連絡も取れる仕組みとなっておるゆえ、完全に無駄足とは言えまい。果報は寝て待てと申すであろう」

「お前さん、ただの論客だと思ったが存外に苦労してんだな」

「何もせずに居《お》るよりは気が休まるゆえ、やっておるだけのことだ。それで風見様が何としたのだ」

「その家に婿入りした田沼竜之介ってのに、俺は手ほどきをしたことがあるんだよ」

「竜之介？　そのような者が、田沼の家に居ったかな」

「死んだ父親が主殿頭の末の弟なんだよ。大っぴらに言えるこっちゃねぇが、隠し子だったらしいぜ」

「小納戸頭取となりて早々に世を去った、田沼意行が倅ということか」

「竜之介は、その意行の孫なんだよ。がきの頃から学問よりも武術を学ぶ方が性《しょう》に合ってたなんて嬉しいことを言われりゃ、本気で鍛えてやろうって気にならぁな」

「田沼が家の子弟ならば、柳生《やぎゅう》様に稽古をつけて頂けただろう」

「その柳生一門をおん出ちまったのを、しばらく俺んとこで預かってたんだよ。竜之介がまだ二十歳前だった頃の話さね」

「ふむ、小姓と小納戸では御役目への周旋を願うわけにも参らぬゆえ、一度もお訪ねしたことはなかったが、当節のお旗本には珍しい御仁らしいな」

「世間から生き地獄の何のって言われてる平山家に望んで来ただけあって、滅多にお目にかかれねぇ手練だったよ。ちょいと手の内《うち》に妙な癖があったがな」

「癖?」

「お前さん、道場通いをしていて右勝《まさ》りって言われた口だろ」

「む、何故に分かるのだ」

「左手を遊ばせてるのを見りゃ一目瞭然《いちもくりようぜん》さね。剣術を習っていても殆どの奴は同じだから気にするにゃ及ばねぇよ」

「拙者も努力はしたのだがな……。して、竜之介殿はどうであったのだ」

「左の手の内《うち》が利きすぎるんだよ。それでいて、右手にゃ余計な力が入らねぇんだ」

「刀を取るには申し分なきことではないか。よほどの修行を若くして積んで来られたのだろう」

「それにしたって限りがあらぁな。滅多に人を褒めねぇ親父とじい様が類稀《たぐいまれ》なる手の内の練りだって驚いてたけど、俺にはそうは思えなかった」

「何故だ」

「元は左利きだったとすりゃ、自ずとそうなるだろ」

「利き手なれば握りが強い、つまりは左勝りということか」

「そういうこった。大っぴらにゃ言えねぇ話だけどな……」

「武家においては恥ずべきことだ。口外は致すまい」

二人は再び口を閉ざし、黙々と歩みを進めた。

行く手に神田川が見えてきた。

「俺んちは四谷《よつや》の北伊賀町だ。稲荷横丁って聞けばすぐに分かるから、気が向いたら遊びに来なよ」

「気持ちはあり難いが遠慮致す。拙者の腕前では、おぬしに教わるには値すまい」

「へっ、お前さんを弟子にする気はねぇよ。一杯やろうぜって話さね」

「それも迷惑であろう。こう見えて、五合ぐらいは平気な口だぞ」

「そいつぁ頼もしいな。うちは代々貧乏してても、米と四斗樽《しとだる》だけは切らしたことがねぇんだよ」

「ほんとかい？　俺もお邪魔させて貰いてぇな」

九八郎が言うより早く、横から割り込む声がした。

「おぬしであったか、直次郎《なおじろう》」

「何でぇ、誰かと思えば直《なお》さんかい」

九八郎と行蔵が同時に告げる。

「お前さんたちも知り合いだったのかい？　世間は存外狭いもんだな」

悪びれることなく微笑み返した男の名は、太田《おおた》直次郎。

将軍が外出した際に警固をする徒《かち》の御役を代々務める太田家の当主は、当年取って四十一。

軽輩ながら品《ひん》の良い雰囲気ではあるものの取り立てて特徴のない、地味な顔立ちの中年男だが、この直次郎、昨今の御家人で最も著名な人物だった。

「どうしたんだい、二人とも？　さ、早いとこ行こうじゃねぇか」

「何言ってんだ直さん。天下の太田南畝先生ともあろうお人が貧乏同心のとこでただ酒を決め込もうたぁ、落ちぶれるにも程があるんじゃねぇのかい」

「行蔵が申す通りだ。それにおぬし、既に酒臭いぞ」

「勘弁してくんな。春町の弔《とむら》い代わりに、ここんとこ毎日飲み歩いててな」

「毎日だって？　おい直さん、御徒頭《おかちがしら》にどやされるぞ」

「心配するない。御役御免にされるにゃ、まだ間があらぁな」

「されど、お内儀は角《つの》を生やしておられるに相違ないぞ。拙者も人のことをとやかく言えた義理ではないが、早々に帰ったほうがよかろう」

「かかぁにいい顔することもねぇよ。どうせ俺たちゃ先の見込みのねぇ御家人だぜ」

「直次郎……」

「直さん……」

「さぁ、とっとと行こうぜぇ」

もはや呂律《ろれつ》が回らないのを隠すことなく、直次郎は二人を急き立てた。

「何やあれ。お日さんも高い内から、ええご身分やな」

四谷に向かって歩き出す三人連れとすれ違い、綾麻呂は呆れた顔で呟いた。

咲夜と別れてすぐ道に迷い、下谷七軒町の佐竹家の上屋敷にはいまだ辿り着けずにいたのである。

「あのおっさんたちに訊いてみよか。せやけど、あの長もんを腰にしてんのはかなりの遣い手や。酔っ払っとるんは御徒とか言うてたし、一昨日《おとつい》いてもうた連中と違《ちご》て御役目に就いとる奴に顔覚えられたら面倒やな。君子《くんし》危うきに近寄らずや」

後を追おうとした足を止め、綾麻呂は呟く。会話の前半は聞こえなかったらしい。

上屋敷を捜し当てたのはそれから半刻、約一時間も経った後のことだった。

三

寿平を閉じ込めた部屋の前に、主水は仏頂面《ぶっちょうづら》で座っていた。

「遅いではないか」

「すんまへん。道に迷てしもて」

じろりと見返す主水に、綾麻呂は素直に詫びた。

「交代の刻限は伝えたはずだ。それがしはおぬしと違うて、忙しい身なのだぞ」

「勘弁しとくなはれ、主水はん」

「それがしは小野田《おのだ》だ。名前で呼ばれる程、親しゅうなった覚えはない」

「小野田はんでしたな。これからは気ぃつけますよって」

「二度は許さぬ。切絵図ぐらい買《こ》うておけ」

ひとしきり綾麻呂に文句を浴びせ、小野田主水は憤然と歩き去った。

「ほんま気難しいお人やなぁ。亡くなりはった兄《あに》さんは気さくな上に男前やったそうやけど……」

声を低めて愚痴った後、綾麻呂は部屋の板戸に向き直った。

江戸留守居役の役宅内の、本来は中間《ちゅうげん》に寝起きをさせる小部屋であった。障子では中から破られてしまうため板戸に取り替え、敷居には戸閉めの金具が嵌《は》め込まれていた。元より窓は設けられていない。

「ご苦労はんどす、先生」

「……おぬしか」

「主水……小野田はんと交代しましたんや。何ぞご用事があったら言うとくなはれ」

「されば、一つ頼めるか」

「言うときますけど、厠に行かはる時しか外には出してあげられまへんで」

「小用《こよう》ではない。風呂を所望だ」

「お風呂ですかいな」

「ちと煮詰まってしもうてな、湯を遣わせては貰えぬか」

「そない言われても困りますわ。先生もご存じですやろ、お屋敷の内風呂は奥向きにしかあらしまへん」

「元より承知だ。盥《たらい》で湯あみをさせてくれれば良い」

「体を拭きはるだけやったら、手桶にお湯を毎日汲《く》んで差し上げてますやろ」

「頭をすっきりさせたいのだ。月代を剃らせてくれとまでは申さぬ。頼む」

「困りまんなぁ……」

綾麻呂は困惑した面持ちで頭を掻いた。

この上屋敷に詰めている佐竹の家臣で寿平の存在を知る者は、江戸留守居役の平沢常富と配下の小野田主水のみ。

綾麻呂は客人の扱いで出入りを許されていたが、十日前に切腹して果てたはずの寿平が常富の役宅に閉じ込められているとは、誰にも気づかれてはいなかった。

勝手を許すわけにはいかないが、寿平に無理を強《し》いているのも事実だ。

咲夜は寿平を閉じ込める際、新作の構想を練ることを申しつけた。

恋川春町としてではなく、本名の倉橋寿平でもなく、名もなき一人の男としてオロシャに渡った際、彼《か》の国を治める女王に献上するための作品である。

言葉を訳す作業は現地に渡ってからのこととして、まずは確実に評価をされる作品を書き上げよ。下手をすれば処刑の憂き目を見ることもあり得ると肝《きも》に銘じ、しかと思案を重ねた後に筆を執るように……。

そのように命じた上で、主水と綾麻呂に交代で監視をさせているのだ。

華のお江戸で人気を博した戯作者とはいえ、異国の王、それも女王に喜ばれる作品を書くのは至難の業《わざ》だろう。

咲夜は毎晩足を運んできては作業の進捗《しんちょく》を確かめているが、いまだ目に叶う構想はまとまっていないようである。

「綾麻呂殿、頼む」

板戸越しの訴えは哀れっぽさを増していた。

「そないな声出さんといてください」

答える綾麻呂の声も弱々しい。

「綾麻呂、居《お》るんやろ」

そこに懐かしい声が聞こえてきた。

咲夜の兄で、綾麻呂にとっては伯父に当たる木葉刀庵だ。

「伯父はん？　いつ江戸に着きはったんどす」

「今朝や。ははは、驚いたやろ」

玄関から聞こえる声は得意げだった。

源内を密かに匿っていた佐竹家との付き合いはまだ二年目だが、常富以外の家臣のことも知っており、この上屋敷にもかねてより出入りをしていたと咲夜からは聞かされている。

「ちょいと外しますよって、大人しゅうしてておくなはれ」

寿平に告げ置き、綾麻呂は玄関に向かった。

「しばらくやったなぁ、綾麻呂」

「伯父はんもご無事で何よりでしたわ」

「無事に決まっとるがな。お前《ま》はんこそ、ようやってくれたそうやな」

「大したことはしとりまへん。奥蝦夷で調子こいとった、いけ好かん奴らに引導を渡したっただけですよって」

「いや、ほんま大したことやで。クナシリで二十二、メナシで四十九《しじゅうく》の合わせて七《しち》十一《じゅういち》の半分がとこは、お前はんがいてもうたんやろ?」

「空を飛べるわけやあらへんのに、そないなこと出来ますかいな。マメキリはんらが立ち上がったんを見届けてクナシリを離れた後は、メナシのシベツいうとこに住んだはるアイヌの衆に助太刀をさせて貰《もろ》ただけですわ」

「シベツいうたら、飛驒屋《ひだや》の船がやられたとこやな」

「大通丸《だいつうまる》いう船でしたわ。大人しゅう降参したら命までは取らへんつもりでしたけどアイヌの衆を狙《ねろ》て鉄砲を撃ちよったんで、往生させたりました」

「お前はん、よう無事やったなぁ」

「山田流の太刀は竜殺し、種子島《たねがしま》をいなすぐらいやったら朝飯前ですわ」

「流石はわての甥っこや。ようやってくれたで」

「………」

綾麻呂を褒めちぎる刀庵の声を、寿平は役宅の裏で耳にしていた。

今し方まで閉じ込められていた小部屋の、すぐ裏手である。

常富と付き合いの長かった寿平は、この役宅にしばしば訪れていた。この小部屋に先頃まで住み込んでいた中間とも親しくなり、あるじの常富の目を盗んで賭場《とば》に繰り出すため、こっそり拵《こしら》えた抜け穴のことも承知していた。

切り取った板壁を嵌め直せば元通りとなる抜け穴の存在に、いまだ常富は気づいていない。渡り中間となる以前は真面目に大工修業をしていたと言うだけあって細工は巧妙で、若い主水と綾麻呂は元より咲夜も見抜けなかったのだ。

今日まで抜け出さずにいたのは、見張りが甘くなるのを待ったがゆえのこと。

風呂に入りたい、せめて湯あみをさせてくれと綾麻呂に懇願したのも、同情を誘うことで気を鈍らせ、無意識の内に監視の手を緩ませるための策であった。

綾麻呂の伯父が訪ねてきたのは、まさに僥倖《ぎょうこう》。

寿平は裏門の警戒が緩く、表に抜け出すのに好都合であることも知っている。江戸留守居役という要職に在りながら酒色《しゅしょく》を好み、刷り増しの返礼として版元が用意した宴席にお忍びで出かけるのが常だった、常富が教えてくれたのだ。

「綾麻呂、恋川……倉橋の見張りはええんか？」

「部屋で大人しゅうしたはりますよって、大事はおまへん」

「そんならええけど、油断したらあかんえ」

「分かっとりますわ、伯父はん」

刀庵と綾麻呂の玄関先での会話は、まだ続いている。

この機を措《お》いて他に、危地を脱すべき時はあるまい――。

四

竜之介は当番の引き継ぎを終え、常のごとく御城中の中奥に出仕していた。

既に半刻が経ち、休憩に入ったところだ。

共に休憩に入った小姓たちは竜之介に煎じて貰った茶を飲みながら、世間話に花を咲かせている。

「今日で十日か。あの春町が腹を切ったとは、いまだ信じられぬな」

「右に同じだ。もう新作を読めぬのが残念だと、奥が嘆いておったよ」

「拙宅《せったく》もご同様だ。女中ばかりか中間どもも塞《ふさ》ぎ込んでおって敵《かな》わぬわ」

俊作と英太、雄平の三人は相も変わらず能天気。

「しっ」

忠成が一同に注意を促した。

定信が控えの間の前を通り過ぎていく。

小姓たちは敷居際に平伏し、無言で見送る。

あの厳めしい顔が日を重ねるごとに何故か柔らかくなってきたとはいえ、気を抜くことは命取り。

奥勤めで日頃から接している小姓といえども、逆鱗《げきりん》に触れれば容赦されない。

松平越中守定信はそういう男であると、竜之介のみならず他の面々も知っていた。

御用部屋では二人の男が定信を待っていた。

一人は若手老中の松平伊豆守信明《まつだいらいずのかみのぶあきら》。

いま一人は側用人の本多弾正大弼忠籌《ほんだだんじょうだいひつただかず》だ。

共に定信の信頼が篤い、幕政改革の同士である。

「待たせたの」

「いえ」

信明は折り目正しく頭を下げた。

「越中守様、どうぞこちらへ」

忠篤が手振りで席を勧める。

「うむ」

定信は言葉少なに頷くと、長火鉢の上手《かみて》に膝を揃えた。

無言で見守る二人を前にして定信は火箸を一本、手に取った。

「まずは、このことだがの」

定信は火箸を走らせ、火鉢の灰の上に漢数字をしたためた。

あらかじめ信明が灰を均《なら》しておいてくれたおかげで、書きやすい。

「どうかの」

「失礼をつかまつりまする」

信明が断りを入れた上で手を伸ばす。

取ったのは、定信が手にした火箸の片割れ。

緊張を隠せぬ筆跡で、灰に書かれた漢数字に手を加える。

「弾正は何と見る」

「伊豆守様と同じくにございまする」

白髪頭を動かして、忠籌が首肯《しゅこう》する。

「左様か」

定信は再び火箸を走らせた。

「これでどうかの」

「宜しいかと存じまする」

「み、身共も左様に存じ上げまする」

二人の同意を得た定信は、灰の文字を余さず消し去った。

これは御用部屋でかねてより行われてきた、密談の方法である。

話の核心に触れることには具体的な表現を用いず、必要な場合は火箸を用いて灰にしたため、用が済めばすぐに消す。定信が長火鉢を置かせているのは、丸火鉢よりも書くことのできる場所が広いからだ。

とはいえ、文字にすると長くなる議題もあるものだ。

「越中守様、風見にはお命じになられませぬのか」

「馬鹿を申すな弾正。あれば主殿頭の甥なのだぞ」

忠籌の思わぬ提案に、定信は声を荒らげた。

怒りを示しながらも冷静なのは、何のために竜之介を使役するのかを伏せていることから分かる。たとえ盗み聞いた者がいても、田沼嫌いの定信が奥小姓として竜之介を用いる上で意固地《いこじ》になっているとしか思われまい。

「なればこそ、でございまする」

続いて発言した信明も、具体的なことは口にしなかった。

「伊豆守もか。されば存念を申してみよ」

「恐れながら、忌憚《きたん》のう申し上げまする」

言上《ごんじょう》する信明の声からは震えが失せていた。

「御役目に就いて間もなき若輩なれど、風見は私心なき者と見受けまする」

「続けよ」

定信が先を促した。

「あの者が望むは田沼家の再興、それのみのために精勤しておることかと」

「風見家の安堵も、でございましょうな」

忠籌がぼそりと口を挟んだ。

「……相分かった。再考すると致そう」

しばしの間を置き、定信は呟く。

信明と忠籌は揃って頭を下げていた。

五

時刻は昼の八つ、午後二時になっていた。

西日に煌めく千代田の御濠の向こうにそびえ立つのは、いまだ再建されない天守閣に代わって御城の護りを担う、二の丸と三の丸だ。

二の丸の向こうに見えるのは天守台《てんしゅだい》。失われた五層六階の天守閣は台座だけが焼け残り、日の本で最大だった当時の名残を本丸御殿の傍らにとどめている。

三代家光《いえみつ》公の世に完成され、当代の家斉で十一代目となる徳川将軍家の居城は今日も優雅なたたずまい。その中核をなす本丸御殿では若き将軍の家斉が大奥に渡り、御《み》台所《だいどころ》の茂姫《しげひめ》と共に御八つを楽しんでいる最中だった。

「いかがでございまするか、上様」

「うむ、この噛み心地と甘みは良きものだ」

茂姫の期待に違《たが》わず、家斉は満足そうに微笑んだ。

中奥と名前も同じ将軍専用の御座の間に家斉を迎え入れ、奥女中たちを下がらせた茂姫が直々に供したのは寒氷《かんごおり》。煮溶かした寒天《かんてん》に砂糖を加えて煮詰め、熱い内に棒でじっくりと擦《す》り上げた生地を固めた菓子だ。

「御台、そなたも」

「喜んで頂戴致しまする」

「ほれ、口を開けよ」

「はい」

家斉が摘まんで寄越す寒氷を、茂姫は嬉しげに綻《ほころ》ばせた朱唇《しゅしん》で受け取った。

茂姫が人払いをさせたのは作法通りの堅苦しい口を利かずに済む上に、こうして存分に甘えられるがゆえだった。家斉も望んでのことである。

「あむ、あむ……真に甘《あも》うございまするね」

「ははは、とろんとした顔になっておるぞ」

家斉は微笑みつつ、自分の口にも寒氷を運んだ。

一見すると堅そうな寒氷だが、食べてみればすんなりと歯が通り、濃茶に合うほど甘みは強め。縁起物の松や梅の形にする時は色を付けるが、茂姫が用意したのは乳白色の生地を染めることなく台形に固めたものだ。寒中に凍った水面を割り、氷の欠片《かけら》を手にした態《てい》で涼《りょう》を誘う趣向である。

「真に良う出来ておりますね。来年の氷が楽しみでございまする」

「それは余も同じぞ。如何に将軍に御台所と申せど、暑い盛りに本物の氷が口に入るのは加賀の前田から献上の荷が届いた日だけであるゆえな。あの美味《うま》さを知っておればこそ、この菓子の値打ちも分かるというものよ」

呟く家斉は去る三月に長女の淑姫《ひでひめ》が誕生し、十代にして父親となった身だ。

母親のお万《まん》の方は一昨年に家斉が将軍の座に就いて早々に手を付けた中臈《ちゅうろう》で、茂姫との間にまだ子供はいないが、元より正室の座は揺るぎない。このところ家斉が昼間から大奥に足を運ぶ一番の理由が、日に日に大きくなっていく淑姫の成長を見逃さぬためであるのを茂姫は察していたが、悋気《りんき》することはなかった。

「さて、甘味の後は茶だな」

「腕によりをかけて煎じましたゆえ、どうぞご賞味くだされ」

「頂戴致そう」

仲良く寒氷を堪能した二人は、続いて茶碗を手に取った。

茂姫が自ら煎じたのは今年、将軍家が宇治《うじ》で買い付けた御用茶である。

徒頭が宰領として一名の数寄屋頭《すきやがしら》と二名の数寄屋坊主を引率し、配下の徒と同心が数百名で警固を務める採茶使《さいちゃし》は毎年四月の末から五月初めに出立し、土用《どよう》の頃に帰参する。この一行が俗に言う御茶壺道中《おちゃつぼどうちゅう》で、江戸から運んだ数十個の茶壺を新茶で満たして戻る一行は、諸大名は元より御三家も及ばぬ権限を有していた。

「おお、常にも増して美味いぞ」

「ほほほ、嬉しゅうございまする」

「流石は余の御台だな。したが、風見の茶にはまだ及ばぬ」

「風見と申さば、奥小姓の？」

「左様。あやつが使うておるのは我ら夫婦のために吟味《ぎんみ》された茶葉には非《あら》ず、周りを固めた詰茶《つめちゃ》だからな。質の劣りを腕で補う、風見の腕は大したものよ」

家斉が言う通り、宇治から戻ってくる茶壺には二種類の茶葉が入っている。

一つの茶壺につき十匁《もんめ》、三七・五グラムずつを紙袋に詰めて収めたのが将軍と御台所のために精選された茶葉であり、その周りにぎっしりと、保護材を兼ねて満たした茶葉は詰茶と呼ばれ、御城中で働く人々が喫するために用いられた。御茶壺道中で運ばれる茶壺が数十個にも及ぶのは将軍夫婦が一年に消費する分だけではなく、大名と旗本、そして奥女中用の茶葉も含まれているからなのだ。

「御台よ、いま少し腕を磨くことだな」

「まぁ、小憎らしい御顔ですこと」

からかい半分に告げられて、茂姫はぷっと頬を膨らませた。

「ははは、美しゅう育っても、その膨れっ面だけは幼き頃と変わらぬな」

家斉は楽しそうに笑いつつ、尚も茂姫をからかわずにはいられない。

「上様こそご幼少のみぎりから、さして変わってはおられませぬよ」

言い返しながらもどこか楽しげな茂姫は、家斉と同い年の十七歳。実家は鎌倉の昔から薩摩《さつま》の地に君臨する外様《とざま》の名門、豪放な気風で知られる島津《しまづ》家だ。

茂姫は幼くして家斉と婚約し、一橋徳川家の屋敷で養育された。島津家から大勢の女中が同行したとはいえ他家での暮らしは不安が尽きなかったが、豊千代《とよちよ》という幼名の頃から活発だった家斉は子供なりに気を遣い、隙あらば庭へ連れ出しては高い木に登る様を見せたり、共に池で水遊びに興じたりして茂姫を慰めた。

幼なじみである二人は、相手の長所も短所も知っている。

言い合いも喧嘩にまでは発展しない、じゃれ合いのようなものだった。

家斉が碗を茶托に戻した。

「上様、そろそろ御戻りでございまするか？」

「越中が目を光らせておるゆえ、長居は禁物なのだ」

「越中守は相変わらず、融通《ゆうづう》が利きませぬか」

「うむ、相も変わらずだ」

「一橋の義父上も、でございましょう」

「それは島津の義父上も同じであろう」

「お互いに気苦労が絶えませぬね」

「全くだな」

苦笑を交わす家斉と茂姫は、実の父親をはじめとする周囲の大人たちの思惑で夫婦とされた身の上である。

家斉の父の徳川治済は我が子を将軍に、茂姫の父の島津重豪《しげひで》は御台所とすることを切望し、それぞれ手を尽くして望みを実現させた。

とりわけ治済は手段を択《えら》ばず、過日に頭痛で倒れた家斉は見舞いに訪れた実父から思わぬ事実をほのめかされ、慄然《りつぜん》とさせられたものだった。

権謀術数《けんぼうじゅっすう》は治済に及ばぬものの、押《とう》しの強さでは重豪も負けていない。

関ヶ原の戦いで神君家康公が率いた東軍に弓を弾き、敗走しながらも精強なことで知られた井伊《いい》家の軍勢を相手に一矢《いっし》を報いた島津家は、西《せい》軍の大将だった長州の毛利《もうり》家と共に幕府から危険視をされている。

その島津の姫君と家斉の縁組が成立したのは、当時の家斉が御三卿の一橋徳川家の次期当主にすぎず、将軍の座に就くとは誰も思っていなかったからだ。

前《さき》の将軍の家治公の世子《せいし》だった家基《いえもと》が不慮の死を遂げ、代わりに家斉が徳川宗家へ養子入りする運びとなった時、必然的に茂姫との婚約は破談となるはずだったが重豪は強硬に反対。公家の名門である近衛《このえ》家の養女にした上で嫁がせる手続きを踏むことによって外様大名、それも西軍に属した島津の姫が御台所になるという、前例のない縁談を成立させた。

夫婦揃って、押しの強い父親を持ったものである。

家斉も茂姫も、双肩にのしかかる重圧は尋常ではない。

気が弱ければ生きながらにして心を殺され、思うがままに動かされる、傀儡《くぐつ》の人形と化していたことだろう。

だが、二人はそうはならなかった。

正しく言えば一時はなりかけたものの、寸前で踏みとどまった。

どのみち逃れられぬのならば、許された枠の中で生きることを楽しむのみ。

家斉はそう割り切ったのだ。

茂姫も思うところは同じだった。

二人は幼なじみにして夫婦、そして父親の重圧と戦う同士なのである。

「時に御台、奥女中たちはその後どうなっておる?」

去り際に家斉が茂姫に問いかけた。

「御安心なされませ。すっかり落ち着きました」

頼もしい笑みを浮かべて、茂姫が答える。

「流石だな、御台」

「全ては上様の御威光あってのこと。向後《こうご》もよしなにお頼み申し上げまする」

「心得た。手に負えぬ折は遠慮のう申すがいい」

「かたじけのう存じまする。されば上様、恋川春町の件にございますが」

「春町とな」

「滝脇松平の家中でありながら、戯作者として知られた者にございます」

「ああ、越中が呼び出しをかけておった者だな」

「その呼び出しに応じぬまま、七夕の夜に自裁して果てた由《よし》にございますが、それは真にございましょうか」

「左様なことが気になるのか、御台」

「わらわは元より興味もございませぬが、間違いであってくれればいいと申す奥女中が多うございますので」

「ふむ。おなごに大層な人気があると聞いておったが、我が大奥にまで及んでおったのか。罪深き奴だのう」

「わらわも左様に存じまする」

家斉の呟きに茂姫は頷いた。

「熱はいずれ冷めるものだ。捨て置くが良かろう」

「上様の仰せのままに致しましょう」

「されば、参るぞ」

「またのお越しをお待ち申しております る」

茂姫は笑みを絶やすことなく、家斉を送り出した。

六

「くっ……」

日暮れも間近の裏路地を、一人の男が駆け抜けていく。

頬被りをした手ぬぐいからはみ出た髪は白髪交じり。

月代を十日ほど剃っていないと見えて、前頭部の毛が伸びていた。

装いは垢《あか》じみた着物に袴。

刀は元より脇差も帯びていないが、袴を常着にできるのは士分の証し。

それでいて草履も雪駄も履いておらず、裸足で通りを駆けている。

「おい、待てよっ」

後を追う男も武士だった。

こちらは大小の刀をきっちりと帯びている。

走りながらも左手を刀の鍔元に添え、行き交う人に鏢をぶつけぬように角度を調整するのを忘れない。人混みが多い江戸の暮らしが長い武士ならではの配慮だった。

共に四十絡みでも後を追う武士のほうが若く見えるが、息の荒さはほぼ同じ。酒を呑んだ帰りらしく、顔色を青くしながらも足を止めようとはしなかった。

「待てよ、倉橋寿平……いや、恋川春町！」

その名を告げたのは、すぐ後ろまで迫った直後。

追う相手にだけ聞こえるように、声を低めてのことだった。

動きが止まった瞬間に飛びつかれ、追われる武士——寿平は路上に膝をつく。

「死んだはずじゃなかったのかよ、おい……」

連日の深酒が臭う汗をしとどに流し、追った武士——南畝は寿平に語りかける。

「無事なら無事だって教えてくれよ……俺はお前さんの弔いのつもりでよぉ、虎の子のへそくりを全部飲んじまったんだぜ……」

寿平に返す言葉はない。

地べたに膝をついたまま、顔を上げることもできずにいた。


四谷の北伊賀町は名前に違《たが》わず、伊賀組同心の組屋敷から成る町だ。

その一角の稲荷横丁で暮らす平山家に、本日二度目の客が来た。

「どういうことだ、直さん」

行蔵は戸惑いを隠せずにいた。

「その顔には見覚えがあるぞ。お前さんに連れて行かれた吉原で大もてにもてていた……恋川春町、なのか？」

豪胆なはずの行蔵が震えている。

折しも逢魔《おうま》が時だった。

こぢんまりした玄関に差す夕日の中、行蔵は固まったまま動けない。

「落ち着け、行蔵」

その背を叩き、叱咤《しった》したのは九八郎。

学者然とした顔が、すっかり赤くなっている。

直次郎が帰った後も居残り、行蔵と二人で痛飲していたのだ。

「物の怪《もののけ》とは目と心の迷いが生み出す錯覚に過ぎぬ。そやつは間違いのう生きておるのだ。足もしかと生《は》えておるだろう」

「む……たしかにあるな」

「それにしても酷い有様だ。行水もしておらぬのか」

三和土《たたき》に突っ立ったままの寿平に、九八郎が歩み寄った。

「月代も剃っておらぬな。病み上がりでもあるまいに、しっかりせい」

九八郎は、酔うと面倒見がよくなるらしい。

「行蔵、剃刀《かみそり》はどこだ。糠袋《ぬかぶくろ》も頼む」

いつものどこか醒めた雰囲気は失せ、すっかり甲斐甲斐しくなっていた。

「太田、拙者は」

「諦めて世話になれ、倉橋」

戸惑う寿平に皆まで言わせず、直次郎は微笑み交じりに告げる。

「おい直さん、何がどうしてこうなったんだ」

「今から話すよ。まずは身支度をさせてやってくんな」

「俺の着古ししかないが、構わんのか」

かつての人気戯作者ぶりを一端ながら知るだけに、行蔵は戸惑った。

「いいんだよ、恋川春町はもう死んだのだぜ」

「おいおい、ここにいるだろうが」

「そいつは倉橋……いや、名無しの権兵衛ってことにしといてくんな」

「お、おう」

訳が分からぬまま頷く行蔵をよそに、九八郎は三和土に降り立った。

有無を許さず井戸端に引っ張っていき、濡らした糠袋を頭に擦り付ける。

「さ、付いて参れ」

「面倒だ。ついでに体も洗ってやろう」

「そのついでに、お前さんも頭を冷やしてくんな」

直次郎は苦笑交じりに呼びかける。

行蔵は元より九八郎にも、正気に戻って貰わねば困る。

道すがら聞き出した事情を鑑《かんが》みるにこの男を匿うことは命懸け。

それでも友である以上、見捨てることはできなかった。

第五章　生きていた友

一

日が沈んで早々に、四谷御門外は夜の闇に包まれた。

伊賀組同心のこぢんまりした組屋敷が建ち並ぶのは、この四谷御門外から大木戸に至る通りに面した、北伊賀町と南伊賀町の町人地をそれぞれ抜けた先。ちなみに伊賀組同心の先祖に当たる伊賀者を束ね、槍の半蔵《はんぞう》と異名を取った服部《はっとり》半蔵正成《まさなり》が出家後に建立した西念寺《さいねん》は、南伊賀町を抜けた先の寺社地にある。

平山家の組屋敷がある北伊賀町の稲荷横丁も、既に夕闇の直中《ただなか》だった。

行燈の淡い光が、板敷きの床に座った男たちを照らしている。

直次郎は行蔵と九八郎を前にして、経緯《いきさつ》を話し終えたばかりであった。

「……すまじきものは宮仕えと申すが、俺はますます御役に就くのが嫌になったぞ」

行蔵は憤懣やるかたない面持ちで溜め息をつく。

傍らでは、九八郎が心ここに有らぬ様子で何やら呟いていた。

「見苦しき様《さま》を晒してしもうた……この場を借りて腹を掻《か》っ切りたい……知り合うたばかりなれども行蔵ならば、介錯を任せても間違いはあるまいよ……」

うわごとめいたことを言いながらも、九八郎は堅い床の上で膝を揃えていた。

「いい加減に膝を崩さんか九八。この床はな、俺が拳を鍛えるために幾らぶっ叩いても割れた例《ためし》がないのだ。お前さんの細い足が壊れても知らんぞ」

「おぬしか……介錯の儀、しかと頼むぞ……」

心配になった行蔵が耳元で呼びかけても、九八郎の目は虚《うつ》ろ。

それでいて、

「馬鹿馬鹿しい。あれしきのことで腹を切るようでは宴会芸もできぬわ」

と呆れ顔で言われるや、

「宴会芸か……何をやらかしたか皆目《かいもく》覚えておらぬのだが、先だっての集まりの後で組頭の永井《ながい》様に呼び出され、向後は一滴たりとも呑ませぬと、きついお叱りを受けてしもうてな……」

と涙ぐむ始末であった。

「ならば何故に五合どころか一升も呑みおったのだ？　もう知らぬわ」

流石の行蔵も処置無しで、ぷいと台所に行ってしまった。

並外れて才気煥発《さいきかんぱつ》な九八郎は、たがの外《はず》れっぷりも人一倍であるらしい。

傍《そば》から見ている分には愉快な酔いが醒めたのは、寿平の世話を焼きながら九八郎が自らも体を洗い、髪を濯《ゆす》いだ後のこと。正気に戻った時には寿平は月代ばかりか両の鬢《びん》まで剃られ、丸坊主にされてしまった後だった。

そんな九八郎を寿平は恨みがましく見るでもなく、無言で座り込んでいる。

共に揃えた膝を崩さぬのは、反省の意を示すためだろうか。

一方、直次郎は左の膝を立て、右足を長々と伸ばした伝法な姿。二人を肴代《さかな》わりに眺めつつ、碗に満たした樽酒を堪能していた。

「貧乏しても酒には費えを惜しまぬとは見上げたものよ……あー、美味《うま》い」

勝手なことを言いながら微醺を帯びるだけでは飽き足らず、

「あれほど酔うておったにしては見事な手際だな……うむ、傷一つ見当たらぬぞ」

「……」

「ははは、良き手触りだ」

無遠慮に手を伸ばし、黙ったままの寿平の坊主頭を撫でさする。

それでいて、切腹を装って殺されかけた寿平の傍らで腹を切りたいとほざく九八郎には注意もせず、好きに愚痴らせていた。

我ながら意地の悪いことだと、直次郎は思う。

しかし、このぐらいの腹いせは大目に見て貰わねばなるまい。

寿平が自ら命を絶ったと信じた十日の間、直次郎は何もする気になれなかった。

勤めを怠り、屋敷にも寄り付かず、酒浸りの毎日だった。

直次郎が寿平と街角で出くわしたのは、先々《さきざき》のことを考えれば幸いであった。

立ち直るにはぎりぎりの頃合いだったからである。

あのまま自堕落に過ごしていれば、数日中に御役御免にされていただろう。

父親から徒の御役目と共に受け継いだ、貧しい暮らしに負けじと学問と文芸に打ち込んだ少年の日々も思い出深い牛込《うしごめ》の組屋敷を追い出され、妻子は元より吉原から身請けした妾にも、愛想をつかされていただろう。

そうなったところで構うまいと思いつめてしまう程、直次郎は寿平の訃報《ふほう》に接して衝撃を受けたのだ。

無事だと分かったところで、すぐに笑って許せるものではない。

とはいえ、いつまでも子供じみた真似をしてはいられまい。

直次郎はおもむろに立ち上がった。

九八郎と寿平が何事かと視線を向ける中、袴を脱いで帯を解く。

下帯一本の姿となり、足を向けた先は井戸端。

十五夜を過ぎて欠けてきた月の下、直次郎は釣瓶《つるべ》を井戸の底へと下ろしていく。

滑車を伝い、釣瓶を下ろしていく縄は長かった。

北伊賀町を含む四谷は高台のため、水道の恩恵を受けられぬ地域である。すぐ近くの大木戸の所で玉川上水が地中の樋に取り込まれ、千代田の御城を含めた市中に給水されていながら、界隈の住人は掘り抜き井戸を構えなければ水が得られないのだ。

その手間も、今の直次郎にとっては心地良い。

手にした釣瓶を高々と持ち上げ、迷うことなく頭から被る。

いまだ暑さの残る時期とはいえ、掘り抜き井戸の水の冷たさは身に堪《こた》える。

直次郎は震えながらも手を止めず、繰り返し水を被り続けた。

「太田……」

唖然と呟く寿平をよそに、九八郎が袴の紐を解いている。

もはや愚痴ることもなく、持ち前の落ち着いた雰囲気を取り戻していた。

「直次郎殿、邪魔を致すぞ」

「いいとも」

井戸端に立った九八郎に、直次郎は汲み立ての釣瓶を渡してやる。

そんな二人を前にして、寿平も立ち上がった。

行蔵から借りた着物は継ぎはぎだらけ。前もって着古しとは言われたものの、程があろうというものだった。

しかも丈《たけ》が合っておらず、裾は膝の高さまでしか来ていない。

そんな着物を脱いだ寿平は、そっと畳んで床に置く。

「太田」

「おう」

井戸端にやって来た寿平に、直次郎は笑顔で汲み立ての釣瓶を差し出した。

手渡すかと思いきや、ざぶっと坊主頭に浴びせかける。

「不意打ちとは卑怯なり！」

素《す》っ頓狂《とんきょう》に声を上げるや、九八郎が直次郎の背中に組み付く。

すかさず寿平は釣瓶を抱え上げ、底に残った水を顔面にお見舞いした。

「ふっ、まるで子供だな」

台所に立った行蔵は汲み置きの水で玄米を研《と》ぎつつ、禊《みそ》ぎを始めた三人を笑顔で見守っていた。

二

行蔵はまめに炊事をこなしていた。

水に浸しておいた米を笊《ざる》から釜に移し、へっついに掛ける手つきも慣れたもの。

屋敷の奥に居た祖父母と両親は、いつの間にか姿を見せなくなっていた。

「時に行蔵、ご家族の方々は何処《どこ》へお出かけになられたのだ」

台所に足を運んで問いかけたのは、酔いも愚痴も霧散した九八郎。直次郎と寿平も既に濡れた体を拭き終え、それぞれ身支度を整えていた。

「ん？　親父たちなら、近所で夕餉を馳走になっておるはずだ」

「気を遣わせてしもうたか……初めてお邪魔しておきながら面目ない」

「恐縮するには及ばんよ。こういうことにはみんな慣れているんでな」

「こういうこととは、何だ」

「一言《ひとこと》でいや、お礼参りの返り討ちだ」

「お礼参りだと」

行蔵がさらりと告げた予期せぬ言葉に、九八郎の顔が強張《こわば》った。

「俺と今日初めて会うたおぬしは知らんだろうが、往来で喧嘩を売られることがしばしばでな、小兵《こひょう》と侮られてのことだと思えば腹が立ってな、やり過ぎちまうんだよ」

「その意趣返しに、無頼の連中が……？」

震える声で九八郎は問いかける。

「地回りばかりとは限らんよ。世を拗《す》ねてる御家人に旗本、大きな声じゃ言えねぇが名のある寺の破戒《はかい》坊主が差し向けた侍どもや大名家の馬鹿殿、いや若殿の取り巻きに朝駆け夜討ちをされたもんだ」

竈《かまど》を前にして答える行蔵の声は、いつもと変わらぬ明るい響き。

自慢をしているわけではない。別に大したことではなかったと思えばこそ、自然な態度で語っているのだろう。

もちろん、気軽に明かせる話ではなかった。

伊賀組同心は三十俵二人扶持。御家人の中でも、底辺と言わざるを得まい。

にもかかわらず、本来ならば対等に口を利くことさえ許されぬお歴々を相手取っていたというのだ。相手方に訴えられて事件となれば、行蔵に首が幾つあっても足りはしない。九八郎の顔から血の気が失せたままなのが、何よりの証左《しょうさ》だった。

「そ、そやつらを全員、返り討ちにしてのけたと申すのか。寺社方ばかりかお大名のご家中まで？」

青白い顔をしたまま、九八郎は問いかける。

「俺がこうして生きておるのは、まぁ、そういうことだな」

行蔵は何食わぬ顔で言ってのけた。

「………」

「はは、化け物でも見たような顔をするなよ」

目を見開いて絶句した九八郎に、行蔵はからりと笑って告げた。

息を呑んだのは寿平も同じだったが、直次郎は平然としている。狂歌の道で名声をほしいままにしていた当時に知り合って早々、行蔵の表沙汰にできない武勇伝を聞かされていたからだ。

「実を言や、こいつぁ俺に始まったことじゃねぇんだ。親父にじい様、そのまた前の旗本奴《やっこ》と町奴が派手にやり合ってた頃からの話でな……お袋とばあ様もこういう家に嫁いできただけあって、若え頃《わけ》は夫婦揃って立ち回ってたそうだ。俺が三十過ぎても嫁を貰わねぇのは、そこまでできる女が見つからねぇからなんだよ」

「……おぬしは乱世に生まれたならば、一国一城のあるじとなっていたであろうな」

「止せよ、そいつぁ英傑《えいけつ》って呼ばれてなさる方々に失礼だろ。ご先祖様と同じ働きができたかどうかも怪しいだろうぜ」

流石に行蔵も真顔になり、九八郎を窘《たしな》めた。

「失言であった。相すまぬ」

九八郎が詫びたのを見届けると、直次郎は問いかけた。

「なぁ植崎、どうして俺がそいつをここに連れてきたのか得心できたかい」

「おぬしの話を聞いて納得致した。あの朋誠堂喜三二……いや、佐竹侯に仕えし江戸留守居役までもが敵に回ったとなれば、他に安全な所はあるまい。拙者も腹を括《くく》りて悪《あ》しき輩《やから》に立ち向かう所存なれば、よしなに頼む」

直次郎にそう答えた上で、九八郎は深々と頭を下げた。

座り込んで恥じ入りながらも、その傍らで直次郎が行蔵に語った一部始終には耳を傾けていたらしい。

その時の話には寿平の身柄を奪うべく、敵勢が今夜にも乗り込んでくる可能性が高いという、直次郎の予想も含まれていた。

寿平を北伊賀町まで連れて来る際、敵方と通じている者に目撃されずに済んだ保証はどこにもない。周りの視線に気を配り、何より尾行されることを警戒したとはいえ寿平を狙う咲夜には、手を貸す者が実に多いからだ――。

三

「四谷御門外の北伊賀町だと？　太田直次郎と植﨑九八郎が付き添うておると申すのか」

常富が主水から報告を受けた時、既に表は暗くなっていた。

「はい。最初に報じてくれた松前侯のご家中の方々が後をつけ、抜かりのう居場所と顔ぶれを突き止めてくださいました」

「相分かった。礼は追って身共《みども》が致す。して、倉橋は何処に匿《かくま》われておるのだ」

「北伊賀町が稲荷横丁に住まいおる、伊賀組同心の平山が組屋敷にございます」

「伊賀組同心の平山？　聞かぬ名じゃな」

「武芸十八般を代々極めし強者《つわもの》の一家と、かねてより仄聞《そくぶん》しておりまする」

「……思い出したぞ。倅の名は行蔵と申すのであろう。小兵のくせに野太刀《のだち》さながらの馬鹿長い刀を帯びておるはずだ」

「仰せの通りにございまする。たしか差料は三尺八寸物とか」

「間違いあるまい。太田が吉原で連れ回しておった折に、一度引き合わされたことがある。愛想もそっけもない男じゃ」

「兵法者に徹するならば、それでよろしゅうございましょう」

「左様なことはどうでもよい。早々に乗り込みて倉橋を連れ戻せ」

「これから、でございまするか？」

「当たり前だ。四谷と申さば内藤新宿《ないとうしんじゅく》は目と鼻の先。街道筋に逃げられては取り返しがつくまいぞ」

「……承知つかまつりました」

主水はやむなく頷いた。

北伊賀町を含む四谷御門外には伊賀組同心のみならず、先手組をはじめとする幕府の武官の屋敷が密集している。下手《へた》に騒ぎを起こせば腕に覚えの連中が押っ取り刀で駆けつける恐れもあり、できれば乗り込むのは避けたい場所であった。

とはいえ、常富の言っていることはたしかに正しい。旗本や御家人と同様、大名家に仕える陪臣も勝手に江戸から離れることは許されていないからだ。

国許へ戻るためという大義名分があれば問題ないが、内藤新宿から八王子《はちおうじ》、更には甲府《こうふ》へと続く甲州街道《こうしゅうかいどう》は、秋田とは方向が逆である。宿場役人に見咎められれば理由を問われ、常富の手には負えなくなるのが目に見えていた。

「いよいよとなれば諸国武者修行とでも名目をつけ、おぬしを放つこともできようがお家の内証が苦しき折柄、無駄な費えも手間も省きたいのでな……さ、早う行け」

「……は」

主水は一礼して腰を上げた。

「おやおや、抜け駆けはいけませんなぁ」

障子越しに、責めるような響きの声が聞こえてきた。

「咲夜殿か」

常富が憮然とした面持ちで問いかけた。

答えもなしに、障子が開く。

「あかんやないですか、お留守居役様」

咲夜は敷居際に立ったまま、じろりと常富を見返す。

後方には綾麻呂が控えており、油断なく目を光らせていた。

「あかんのはおぬしの作法だ。それで大奥にお出入りを許されておるのか？」

「そんなんはお留守居役様の知ったことやありまへん。うちが言うとるのは恋川春町のことですわ」

「立ち聞きをしておったのならば存じておろう。これなる小野田主水を今すぐ差し向け、身柄を押さえさせようぞ」

「それがあかん言うてますんや」

咲夜は聞く耳を持とうとはしなかった。

「何が不服なのだ？　申されよ」

常富は咲夜に問いかけた。

眉間に皺が寄り、頬をひくつかせている。

咲夜の無遠慮な言動の数々に、苛立ちを押さえているのが明らかだった。

「ほな、言いましょか」

咲夜の態度は変わらず大きい。

常富の苛立ちを煽《あお》るかのように、微笑みさえ浮かべている。

「うち、筋を通してくれはらへん人は嫌いですねん」

「筋とな」

「だってそうですやろ。恋川を逃がしてしもたんは、うちの綾麻呂と兄の刀庵。連れ戻すんも二人にやらせるのが当然ですわ」

「そういうことだ、平沢殿」

障子の陰から、すっと刀庵が顔を見せた。

「貴公、いつの間に？」

「このぐらいの隠形《おんぎょう》は雑作もござらぬ。この綾麻呂に太刀術のいろはを教えたのも私なのでな」

うそぶく刀庵は、常冨らの前では京言葉を使わない。

咲夜や綾麻呂と話す時にしか用いぬことで、東国の武士である佐竹の家中を小馬鹿にしているかのようだった。

「……貴公が綾麻呂殿に同道なさるということか」

「左様にござれば、大船に乗った気分でお待ち頂こう」

「心得た。されば、ご両名にお任せ致そう」

「先生っ」

主水が慌てて食い下がった。

この二人だけを行かせれば、無用の騒ぎを起こすのが目に見えている。

脅されている側では面と向かって非難するわけにいかないが、勝手をさせては佐竹家の名に傷がつく。

そんなことになっては、不名誉な死を遂げた兄の復権どころではない――。

しかし、主水の気持ちに常富は応えてはくれなかった。

「黙りおれ、このうすのろめ」

「先生？」

「うすのろと申したが悪いか。うぬがぐすぐすしておるから、先を越されてしもうたのだぞ」

「……」

唖然とした主水の肩が、ぽんと叩かれた。刀庵の仕業だった。

「邪魔者は退散致すゆえ、後はお二人でごゆるりと話されよ」

「せやせや、そうしなはれ」

白々《しらじら》しく勧める刀庵の傍らで、咲夜もにやりと笑う。

既に綾麻呂は先に立ち、玄関に向かって歩き出していた。

「ま、待たれい！」

「待つのはうぬだ、主水っ」

追うのを許さず、常富が声を荒らげて制止する。

「人前で先生先生と恥を掻かせおって。早々に下がりおれ!」

「……は」

活躍の場を奪われた若侍は、黙して耐えるより他になかった。

四

北伊賀町の平山家では、直次郎が一同を仕切っていた。

「さて、敵の顔ぶれを見直してみようか。権兵衛さんも意見を言ってくんな」

直次郎は前置きに続いて、寿平に視線を向けた。

「まずは、お前さんを刺そうとしやがった権藤ってのを返り討ちにした、綾麻呂って公達だな」

「小兵なれど侮れぬ遣い手だ。蝦夷の大熊を斬ったというのも偽りとは思えぬ……」

咲夜の息子にして、竜斬りと称する剛剣を振るう綾麻呂。子細は定かでないものの蝦夷地でアイヌの反乱を先導し、加勢もした後に江戸へ下ったと見なされた。

「で、そいつの伯父貴ってのが――」

「あの声は佐竹家にも出入りを許された、太平記読みに相違あるまいぞ……」

寿平が脱出する間際に訪ねてきたという綾麻呂の伯父、すなわち咲夜の兄に当たる木葉刀庵。人気の太平記読みとして江戸に下り、高座に登っての講釈と大名への軍学の指南を両方こなす、同姓同名の男と同一人物ならば大胆不敵と言わざるを得まい。

そして秋田の名門大名である佐竹家に仕え、江戸留守居役を長年務める平沢常富。

「……信じたくはねぇが、間違いないんだろ」

「うむ……思うところはこちらも同じだ」

この常富には手駒として命じるままに動く、若侍が付いている。

「姓は小野田って言うのかい。小野田主水か」

「綾麻呂を相手に名乗っておったが、切実な声の響きであったな……」

この主水は、綾麻呂に迫る剣の手練と目《もく》される。

「手強いのは綾麻呂と主水だが、こいつらは数で勝負だ。権兵衛さんはどう見るね」

「志摩守の兄君は上様の剣術御指南役を務めておられる柳生但馬守《やぎゅうたじまのかみ》様だ。その伝手《つて》で家中の者も新陰流《しんかげりゅう》を学んでおるやもしれぬな。数の多さに質が伴えば厄介だな……」

続いて直次郎と寿平が危惧したのは、蝦夷地の護りを担う立場でありながら咲夜と手を組み、更には北の大国のオロシャと結託し、実は生きていた平賀源内を寿平と共に引き渡さんと企む松前家。

現当主の松前志摩守道広が帰国中にもかかわらず家紋入りの駕籠を繰り出し、寿平を追ってきた滝脇松平家の一隊を足止めしてのけた、しかも偶然に起きたことであるかのように装って成し遂げた手際の良さから察するに、かねてより咲夜から出された指示を忠実に実行する体制が整えられていたに違いない。

「志摩守には旗本の家へ養子に入って、家督を継いだ奴もいるんだよな」

「寄合三千石の池田頼完《いけだよりかた》様であろう。おぬしと親しい仲であったな、太田……」

「敵に回った時は仕方あるめぇが、そうはならねぇことを祈るだけさね」

直次郎は話を締め括ると、九八郎に視線を向けた。

目で合図されたのを受け、九八郎は寿平に向き直った。

「先ほどは失礼致した。許されよ」

伏して詫びた九八郎に、寿平は剃りたての坊主頭を下げて応じた。

「太田殿に倣《なろ》うて権兵衛殿と呼ばせて頂くが、構わぬか?」

「……好きになされよ」

「かたじけない。されば尋ねるが小野田主水と申す手練の若侍は朋誠堂、いや、平沢のことを先生と呼んでおったそうだが、間違いござらぬか」

「間違いない。主水が見張りをしておるところに、平沢が参った折のやり取りを耳にしたのだ。二人は紛れもなく、師と弟子の間柄だ」

「佐竹家中の平沢っていや、陰流《かげりゅう》の宗家だな」

行蔵がおもむろに口を挟んだ。

「それは新陰流の源流なのかい」

直次郎が行蔵に問いかけた。

自分が問うよりも適任と察したらしく、九八郎は口を閉ざしている。

「俺が聞いた話じゃ、開祖の上泉伊勢守《かみいずみいせのかみ》が若い頃に習ったことになってるな。陰流の開祖の愛洲移香斎は亡くなった後だったんで、倅で二代目の元香斎……平沢家の先祖が師匠だったたって説もあるがな」

「つまりは上泉伊勢守を開祖と仰《あお》いでなさる、柳生一門の大元《おおもと》ってことかい」

「そういうこったが直さん、そのまんま技を受け継いだわけじゃなかろうぜ」

直次郎の問いに答えるや、行蔵は腰を上げた。

帯前の脇差には手も触れず、構えたのは火吹き竹。竈の火加減をしているところに声をかけられ、持ったままでいたものだ。

「こいつぁ新陰流で沈《ちん》なる身、これは筒立《つったつ》たる身って言うんだが、直さんには違いが分かるかい」

「そうさな、鎧兜《よろいかぶと》を着けてる時が沈なる身だろ」

「その通り。乱世のいくさ場で戦った時の体勢だ。腰を沈めて足幅も広く取らねぇと重みに耐えられんからな。鎧武者の自然体と思えばいい」

「されば、筒立たる身は平時を想定しておるな」

九八郎がおもむろに口を開いた。

「おや九八、お前さんにも分かるのかい」

「これでも刀取る身の端くれだ。筆しか執らぬ軟弱者とは思わんでくれ」

驚いて見せた行蔵に、九八郎は憮然と言い返す。

「頼もしいな。で、どうして目星がついたんだい」

続いて直次郎が問いかけた。

行蔵と寿平は、黙って耳を傾けている。

「元服前に通うておった道場の師範から聞いた覚えがあってな、いくさ場で鎧武者が振るうは介者《かいしゃ》剣術、平時の備えとするのを素肌剣術と呼ぶそうだ。素肌と申すは丸裸ではなく、甲冑《かっちゅう》の有無だとも教えて貰うた。僧侶が袈裟《けさ》を脱いで白衣姿になった時、裸で失礼と言うておるのは聞いたことがあるだろう」

「白衣の譬《たと》えは分かりやすかったな。俺たちが習ったのは筒立たる身の素肌剣術ってことかい。そこんとこを踏まえて、ちょいとおさらいをしてみようかね」

九八郎の説明に頷くと、直次郎も行蔵に続いて立ち上がった。

「本気で打つなよ」

行蔵に念を押した上で歩み寄り、帯前に差していた扇子を抜く。

火吹き竹と扇子を軽く交える様を、九八郎と寿平は無言で見守った。

「筒立と言っても、こう足を伸ばしっきりにしたんじゃ次の動きが取れねぇし、字面《じづら》に惑わされちゃいけねぇな」

「その通りだよ、直さん。それにしてもお前さん、結構遣えるんだな」

「当たり前だろ。俺は上様を御守りするのが役目の徒《かち》だぜ」

「いい心がけだな。お前さんなら採茶使のお供に選ばれても、役得欲しさにがっつくことはあるめぇ」

「そんな真似なんざしたくもねぇよ。主殿頭様の頃とは時代が違うしな」

「左様、今は越中守様の時代だ！」

勢い込んで九八郎が立ち上がった。

「拙者はいま一度、渾身の上書をしたためて提出つかまつることにした！　その前に悪しき者どもを蹴散らし、春町……いや、権兵衛殿は無実であると越中守様にお認め頂こうではないか！」

「お前さん、何を言い出すんだい？」

直次郎が戸惑いながら問いかけた。

「たった今申した通りぞ。危地を脱した暁には、これなる権兵衛殿を西ノ丸下のお屋敷へ潔《いさぎよ》う出頭させ、越中守様に申し開きをさせるのだ」

「待てって。そんなことをさせたら無事じゃ……」

「こいつぁ九八の言い分が正しいぜ、直さん」

直次郎の言葉を遮《さえぎ》って、行蔵が割り込んだ。いつの間にか炊き上がった飯を特大のおひつに移し、軽々と抱えている。

「うちじゃ飯と言えば玄米と決まっていてな、しっかり嚙んで味わうがよかろうぜ」

話しながらも手は休めず、行蔵はおひつの蓋を開いた。

「腰を折っちまったが、贔屓目《ひいきめ》は権兵衛さんのためになるめぇよ」

行蔵は慣れた手つきでしゃもじを遣い、箸と共に用意した人数分の飯碗に盛りつけていく。お膳は元より用いることなく、各自の目の前の床に並べただけだ。

給仕をしてくれるのはあり難いが、直次郎は答えを聞かねば収まらない。

「飯もいいが、まずは話だ。贔屓目ってのは、どういうことだい」

「同じ道で遊んだ同士、肩を持ちてぇ気持ちは分かるぜ。斬った張ったに慣れちまう前は、俺にもそういう気持ちがあったからな」

「行蔵、おぬし……」

「まぁ聞きなよ直さん。九八はお前さんや権兵衛さんと違って、狂歌も戯作も分からねぇ不粋な奴かもしれねぇが、上書ってもんに命を懸けているんだよ」

「それはそうだろうが、俺はだな」

「なぁ九八、お前は例の上書のことで、もしも越中守が呼び出しをかけてきたらどうするね」

直次郎の答えを待たず、行蔵は九八郎に問いかけた。

「その機を逃さずに信ずるところ、思うところを腹蔵なく申し上げるわ」

「……」

迷わず答えた九八郎を前にして、直次郎は絶句する。

「越中守を怒らせて、腹を切れって言われても後悔はしねぇのかい？」

行蔵は続けて問いかけた。

「するはずがあるまいぞ。一死を以て御政道に役立たば本望だ。ま、願わくば仕官の話に繋がると、更にあり難いのだがな」

九八郎が恥ずかしそうに言い添えたのを耳にして、直次郎の顔が綻んだ。

傍らの寿平も強張らせていた頰を緩め、無言で微笑んでいた。

「はは、正直なのはいいこった」

場が静まったのを見届けた行蔵は笑いつつ、台所に立ち戻る。

持ってきたのはへらを添えた味噌壺と、人数分の茄子《なす》の糠漬《かすづ》け。糠漬けは甕《かめ》の水でざっと洗っただけで刻んでもいない。蔕《へた》のほうを摘まんで齧《かじ》れということだ。

「これで足りなきゃ粗塩も持ってくる。飯に振りかけて食うといい」

「いや、もう十分だ」

直次郎は箸を取り、黙々と食事を始めた。

寿平と九八郎もそれに倣い、味噌をなすりつけた玄米を口に運んでは嚙み締める。

「こういう暮らしをしておれば、江戸煩《わずら》いとも無縁だぞ」

「代わりに中風《ちゆうぶ》になるぞ。いつまで若いわけではないのだ」

うそぶく行蔵を窘めつつ、九八郎は腹ごしらえを進めていく。

行蔵を除いた三人は、一膳ずつ平らげるのがやっとであった。

しっかり食休みをしなければ、腹がこなれそうにない。

真っ先に横になった直次郎に続き、九八郎と寿平も板敷きに寝転がる。

行蔵は無作法を咎めもせず、白湯《さゆ》を注いだ碗を三人に配った。

「残った飯は握っておいてやる。腹が空いたら好きに食え」

「かたじけない」

「痛み入る……」

「すまねぇな」

九八郎と寿平に続いて直次郎も頭を上げ、言葉少なに礼を述べた。

五

下谷《したや》を後にした綾麻呂と刀庵は、肩を並べて夜道を辿っていた。

「難儀やなぁ、江戸に着いて早々に夜働きかいな」

「すんまへん、伯父はん」

「何もお前はんが謝ることはあらへんよ。わても油断しとったさかいな」

「ほな、お互い様いうことで仲良う参りましょか」

「せやせや、早いとこ埒《らち》明けるで」

そんなやり取りをしながらも歩みを止めず、四谷を目指して進みゆく。

「待たれよ」

二人が呼び止められたのは、四谷御門外に出て早々のことだった。

「何や、主水はんかいな。びっくりさせんといて」

綾麻呂は驚きながらも向き直った。

隣に立つ刀庵は黙ったまま、憮然とした面持ちで主水を見返す。

対する主水も口を閉ざし、総髪の太平記読みを睨みつけていた。

両者の間に、たちまち殺気が膨れ上がっていく。

それを霧散させたのは、綾麻呂の一言だった。

「二人とも、早よ行きますえ」

「麻呂？」

「綾麻呂殿」

「追いつかれてしもたんやったら、しゃあおまへんわ。今度はわてと伯父はんがぐずやったいうことで、お母はんに叱られたらよろしいですがな」

「構わぬのか、綾麻呂殿」

「言うときますけど手加減はしまへん。手柄が欲しいんやったら腕ずくで来なはれ」

「望むところぞ」

微笑み交じりに告げた綾麻呂に、主水も白い歯を見せた。

「ほんで主水はん、稲荷横丁いうんはどこですの」

「こちらだ、さぁ」

「おおきに」

「………」

先に歩き出した二人の後を、刀庵は無言で追っていく。不快そうに顔を歪めながらも口は閉ざしたままでいた。

六

直次郎たちはそのまま床に横たわり、小休止を取っていた。

思わぬ成り行きで至ってしまった、この状況に直次郎は後悔をしていない。

その死を悼《いた》む余りに酒に溺れずにはいられぬ程、南畝こと直次郎は春町こと寿平の才を買っていたからだ。

戯作も狂歌も和漢の文学と詩歌の知識を備え、原典を引っ張ってきて面白おかしく茶化すだけでは、作品として成り立たない。

恋川春町の名で綴《つづ》られた寿平の戯作には、可笑《おか》しみに加えて哀しみがあった。源内が徹頭徹尾、その優れた技巧によって笑いに徹した、裏を返せば金を得るだけのために戯作をものしたのに対し、寿平は対価を求めることなく筆を執り続けた。

何故かは定かでないが、書かずにはいられなかったのだろう。

文章ばかりか絵までも、描かずにはいられなかったのだろう。

寿平は直次郎より純粋に、作品を生み出すことに取り組んできた。

報酬を受け取らなかったのは直次郎も同じだが、潤筆料《じゅんぴつりょう》の代わりに版元が用意してくれる宴席と、土山宗次郎を初めとする金銭的な支援者たちの財力にあやかった酒色遊興に溺れる一方、意次が老中として御政道の舵取りを担った、大らか極まる天明の世を舞台に筆をふるった。あの当時にだけ存在した、熱を帯びた雰囲気が、直次郎に数多《あまた》の傑作を生み出させたのだ。

そんな時代も、今や昔。

定信が幕政改革を推し進める寛政の世に、もはや狂歌師も戯作者も居場所はない。

町人ならばゆえに手心を加えられても、武士には定信も容赦すまい。

軽輩だろうと武士は武士。御役目に励まぬ者は罰するのみ。

定信が老中首座となって二年が経ち、少なからぬ数の旗本と御家人が死罪を含む刑に処された。

このまま筆を執り続ければ、直次郎も罪に問われかねない。

島流しか、死罪か。

あるいは詰め腹を切らされるのか。

独り身ならばそれでもいいだろう。

しかし、妻子を残して逝くのは忍びない。

寿平の件が落着したら、潔く筆を折ろう。

直次郎も既に四十を過ぎた。

遅れてきた青春を謳歌した時は、もう戻ってはこないのだ。

「直次郎殿」

耳元で呼びかける声がする。

「うん？」

見れば寿平が微笑んでいた。

「どうしたんだい」

「助勢の数々、かたじけない。おかげで踏ん切りがついたよ」

「へっ、気にするにゃ及ばねぇやな」

照れ隠しに返した言葉は、自《おの》ずと伝法なものになっていた。

この男の一命を、何としても守り抜く。

その後は、寿平自身が己の生き死にを決めてくれればいい。

それまでは贔屓を続けるのみと、直次郎は心に誓っていた。

七

「不用心やなぁ」

平山家の門前に立った綾麻呂は、呆れた顔で呟いた。

門と言っても丸木の柱を二本、左右に立ててあるだけだ。同心の組屋敷の門構えは役職の別なく、簡素極まるものであった。

「拙者が先陣を承ろう」

「そらあかん。二人一緒や」

主水の後を追い、綾麻呂も敷地内に踏み込んでいく。

その行く手に、小柄な影が現れた。

「不用心なのはてめぇらだ。たった二人で来るとはな」

門の内で待ち伏せていたのは、並より小柄な一人の武士――平山行蔵。

装いは筒袖《つつそで》と野袴《のばかま》。四尺近いと夜目にも分かる、長い抜き身を手にしていた。

「野太刀やな。えらいもん持ち出しよって」

呟きながら反りを返し、綾麻呂も太刀を抜いた。

「油断致すな。こやつは出来るぞ」

主水も刀の鞘を払い、頭に鉢鉄《はちがね》を巻いた行蔵を鋭く見返した。

その隙に刀庵は門脇の生け垣を跳び越え、庭から屋内に乗り込んでいた。

「曲者《くせもの》っ」

真っ先に応戦したのは直次郎。

床に横たわりながらも油断なく、脇に刀を置いていたのだ。

同様にしていた九八郎も鯉口を切り、さっと刀を抜き放つ。

寿平も行蔵から借り受けていた刀を構え、負けじと眦《まなじり》を決していた。

そんな寿平を背中で庇い、直次郎は刀庵の斬り付けを弾き返す。

「やりよるなぁ南畝はん。本名は太田直次郎いわはるんどしたな」

「うぬ、俺のことを知っておるのかっ」

「そらそうや。有名やさかいな」

「おためごかしは聞く耳持たぬ。わが友は決して渡さぬぞ」

「友ですかいな、そら泣かせまんなぁ」

京言葉でうそぶきながらも、刀庵は顔を直次郎らに晒《さら》してはいない。

「その友情に免じて、なんて言うと思うたら甘いでぇ」

覆面越しに告げる野太い声は、高座で太平記を語る名調子とは別物。布を通すだけではなく声色も変え、素性を気取《けど》られるのを防いでいた。

「ぬかしやがったな、うぬ！」

直次郎が怒号と共に斬りかかる。

将軍の外出先で駕籠先の警固を務める徒は、曲者が行列を襲ってきた時は迎撃する任を担っている。

狂歌師として名声を馳せながらも浪人とならずに父親の跡を継ぎ、御用に勤しんできた直次郎は徒としては十分強い。

しかし、相手が悪すぎた。

「お前はんはやっぱり斬らんといたるわ。その頭、わてが貰うで」

訳の分からぬことを告げられた直後、直次郎は前につんのめる。

勢いを逆手に取られて転倒した時には、刀庵は九八郎に襲いかかっていた。

「植崎九八郎やな。お前はんの才、オロシャの 政《まつりごと》 にせいぜい役立てたってや」

「オロシャだと？」

「南畝はんとまとめて連れてくさかい、安心しい」

戸惑った隙を逃さず、刀庵は九八郎の刀を弾き飛ばす。

慌てて脇差に手を掛けた時には遅く、当て身を喰らった九八郎は失神していた。

「べらぼうめ、伏せ手が居やがったのか！」

屋敷内から聞こえてきた剣戟《けんげき》の響きに、行蔵は動揺を隠せなかった。

睨み合いの最中に気を取られるのは命取り。

綾麻呂の太刀が唸りを上げた。

「ちっ」

機先を制されながらも、決死の行蔵は大太刀を振るう。

ぶつかり合った瞬間、大太刀は半ばから断たれていた。

次の瞬間、腹がぞくりと冷たくなった。

二の太刀で裂かれたと気づいた時、その冷気は耐え難い熱気に変じていた。

どっと倒れたのを見届けて、綾麻呂は屋敷の玄関に踏み込んだ。

無言で後に続く主水は、忸怩《じくじ》たる面持ちだった。

綾麻呂の迅速にして力強い攻めに、割って入る余地はなかった。

板敷きの部屋に踏み込むと、刀庵が失神させた寿平を担ぎ上げたところだった。

「平山いうのはやったんか、麻呂」

「伯父はんこそ、大事おまへんでしたか」

「手加減すんのが手間やったけど、ご覧の通りや」

見れば、直次郎も九八郎も出血をしていない。

「どないして斬らへんかったんどすか、伯父はん？」

「惜しいなったんや」

「惜しいって、まさか」

「せや。こん二人も、オロシャに連れてくんや」

「あかんですやろ。御家人は旗本より格は下やけど、将軍家の直臣や。居《お》らんように
なったら、草の根分けても探しにかかるやないですか！」

「そら公儀にとって入り用な奴の場合や。太田直次郎も植崎九八郎も、行《ゆ》き方《かた》知れずになったとこで将軍家は痛痒《つうよう》も感じへん。心配しすぎやで」

「ほな、どないしても連れてく言わはるんどすか」

「わては咲夜とお前はんの軍師として骨を折っとる身ぃや。少しぐらいやりたいことさせて貰《もろ》てもええやないか」

「……分かりましたわ。伯父はんにはお世話になりましたしな」

綾麻呂は苦笑いを浮かべて頷いた。

「ほな、先行くで」

軽々と寿平を担ぎ、刀庵は玄関から表に出た。

綾麻呂は直次郎の傍らに膝をつき、刀を鞘に戻してやった。

異国に身柄を送ってしまうにしても、武士らしい備えは持たせてやらねばなるまいと思ってのことである。

「主水はん、すんまへんけど手伝うてんか」

「どうあっても連れて参るのか、綾麻呂殿……」

主水は戸惑いを隠せない。

ただでさえ源内を持て余しているところに寿平、更には南畝と九八郎まで秋田の藩領に隠匿することになると思えば、手伝えるはずがなかった。

「佐竹様にはこれより上のご迷惑をかけへんように、わてから伯父はんによう言うておきますよって、運ぶのだけ力貸しとくなはれ。お願いや」

「……相分かった。おぬしの頼みとあらば断れまい」

主水は溜め息を一つ吐《つ》き、九八郎を担ぎ上げる。

こちらの抜き身も鞘に納めてやり、荷物になっても一緒に持ち帰ってやるつもりであった。

「せやけど主水はん、こんなん担いどったら怪しまれますやろな」

「当たり前だ。拙者が漕いで参った船で運ぶがいい」

「ほんまどすか？」

「偽りを申して何になる。斯様《かよう》なことになるとは思わなんだがな」

「恩に着ますわ。おおきに！」

嬉々として礼を述べる綾麻呂は、年相応の若者にしか見えなかった。

八

　夜もとっぷりと更けた頃、神田小川町の風見家では、多門と弓香が予期せぬ訪問を受けていた。

「何っ、平山のご隠居と旦那が参られただと」

「はい。それもご新造様連れで……」

「お二人とも、ですか？」

「左様にござる……」

　取り次ぎをしに駆けつけた彦馬と帳助も、驚きを隠せぬ様子だった。

「相分かった。急ぎ支度致すゆえ、すまぬが篠を起こして参れ」

「ははっ」

　多門に命じられた用人父子は声を揃えて答えると、廊下を急ぎ渡りゆく。

「さて弓香、お前さんはどう思うね」

「心当たりはありませぬが……」

「それにしても間《ま》が悪いのう」

「全くでございますね」

多門と弓香は残念そうな眼差しで、敷居の向こうを見やる。

二人はちょうど虎和を寝かしつけたところだった。

成長著しい風見家の嫡男は、遅くまで起きていようと粘ることが増えてきた。

昼間にたっぷり遊ばせてやれば眠気も来やすいだろうと判じ、今日は朝から晩まで多門は思いきり構ってやったが、なかなか目を閉じてくれずに今し方まで往生させられていたのである。

そんな苦労も、あどけない寝顔を見れば吹っ飛んでしまう。

小さな布団に仰向けになった虎和が、万歳をしたまま眠る姿は愛くるしい。

その可愛さを存分に堪能しようと添い寝をしていた最中に水を差されては、親馬鹿祖父《じじ》馬鹿の二人ならずとも不快になって当然だろう。

しかし、相手が恩師となれば無下にはできない。

「久闊《きゅうかつ》を叙《じょ》するは喜ばしきことなれど、この時分ということはあるまいよ」

「旧交を温めなさるおつもりならば、昼間にお越しになられましょう」

「とすれば、あれか」

「あれでございますね」

「やれやれ、難儀なことじゃな」

「致し方ありますまい」

　頷き合った父と娘は、各自の部屋へと急いだ。

　かつて多門は行蔵の祖父、弓香は父に教えを受けた身だ。

　既にひとかどの剣客として実力をつけた上で技に磨きをかけるべく、生き地獄とも呼ばれた平山一門に入門していたのである。

　荒稽古に耐え抜いて太鼓判を捺された二人は、その後も折に触れて訪ねてくる恩師夫婦と交流を持っていた。

　親しくなれば鬼でも何でもない好人物ばかりの平山家だが、泰平の世に在って乱を忘れぬ気概は尋常ならざるものだった。

　その眼鏡に叶った風見父娘は、時たま前触れもなく訪ねてきた恩師夫婦に腕試しをされることがある。

　これも認められたがゆえの栄誉と受け止め、二人は毎度律儀に応じていた。

「お支度は調いましたか、父上」

「うむ。おぬしも大事なさそうだな」

　頷き合う父娘は共に道着で身を固め、帯前には刃引きの脇差。

「わしが思うに、こたびは抜き打ちの夜間稽古じゃな」

「夜目がどこまで利くのか、ですか」

「気を抜くでないぞ、弓香」

「はい、父上」

互いに顔を引き締めて、父と娘は玄関へと赴く。

思わぬ事態が恩師の一家を襲ったとは、夢にも思っていなかった。

第六章　剛剣対竜尾斬《りゅうびざん》

一

「若先生が？」

「斬られなさったのですかっ」

多門と弓香は耳を疑った。

「わ、若先生のお命に別状はございませぬのか」

弓香は震える声で問いかけた。

「医者の診たては五分五分。わたくしが見たところでは、六分四分」

落ち着いた口調で答えたのは、行蔵の母。

五年前、二十一歳だった弓香を長剣抜刀の術に開眼させると同時に、平山家に住み込んでの修行中、家事のいろはを叩き込んでくれた女傑《じょけつ》である。

「何を言うちょるんじゃ馬鹿嫁め、あれはどう見ても七分三分じゃろ」

横から叱りつけたのは、行蔵の祖母だ。

三十年前、厄年《やくどし》前の多門に槍のみならず薙刀《なぎなた》に長巻《ながまき》と、長柄《ながえ》の武器で戦う術を文字通り叩き込む一方、生まれて間もない行蔵のおしめを毎日替えさせ、槍の風見と持ち上げられて少々天狗になっていた多門に性根を改めさせた恩人であった。

「七分三分ならば、ご安心でございまするな」

二人の話を聞き終えて、弓香は胸を撫でおろした。

傍らに膝を揃えた多門も、福々しい顔に安堵の笑みを浮かべていた。

「流石は若先生、お強うござる。常人ならば五分五分でも予断を許しませぬが、あの強靱なお体ならば必ずや、峠も無事に越えられましょう。良かった、良かった」

「馬鹿どもめ、何を不謹慎なことを言うちょるか！」

行蔵の祖母は怒声を浴びせると同時に、多門の前頭部をひっぱたいた。

この春に隠居してから伸ばした髪のおかげで衝撃も軽減されたが、現役だった頃のように月代を剃ったところに喰らっていれば耐えきれず、弓香の目の前で失神して父の威厳を損なうことを避けられなかったであろう強打だった。

「父上っ」

「だ、大事ない……」

ぐらつく頭を太い首で何とか支え、多門は荒い息を吐く。

「ややこしゅうてすまぬな、風見。七分も六分も、倅の一命が助からぬほうの割合を言うておるのだ」

小声で多門に教えたのは、行蔵の父である平山甚五左衛門《じんござえもん》。

平山家の現当主として伊賀組同心の御役目を務める一方、指南を所望する者が上達を望んだ武術を教え、三十俵二人扶持の貧乏所帯を支えていた。

「風見、真に大事はないか」

「お気になされますな先生。おばば様もお内儀様も若先生が可愛い余りにお気が動転しておられるのでござろう」

「かたじけない」

多門に謝する甚五左衛門の傍らでは、先代当主である行蔵の祖父が老いても太い腕を組み、じっと目を閉じていた。

「……行蔵の奴め、不憫だのう」

目を開いた老師が、ぼつりと呟く。

「不肖の孫なれど、嫁も取らせずに死なせてしもうては不憫に過ぎるわ」

切なげな老師の姿に、弓香は同情を禁じ得ない。

祖父母に父母と強者揃いの一家で生まれ育ち、幼い頃から常人の域を超える鍛錬を重ねてきたとはいえ、行蔵も生身の人間だ。

可愛い孫に激烈な修行を課し、鬼のごとく鍛え抜いた祖父もまた人である。

瀕死の重傷を負った行蔵を思いやる姿は、急に老け込んだようにも見えた。

「大先生《おお》、何ぞお役に立てることはございませぬか」

堪らず弓香が申し出たのも、人なればこそだった。

「構わぬのか、弓香殿」

「私にできることがございましたら、何なりとお申しつけくださいませ」

「かたじけない。その言葉、待っておったぞ」

弓香が迷わず答えた途端、多門に劣らず肉づきの良い手が伸びてきた。

「な、何をなさいます」

「何なりと申してくれたではないか、されば是非、行蔵の妻になってやってくれ」

「私は夫も子もある身。斯様《かよう》な時にお戯《たわむ》れを申されますな」

「戯れたいのはやまやまなれど、今は行蔵じゃ」

戸惑う弓香の手を握り、老師は太い指を絡めた。

「お、大先生」

「竜之介と離縁してくれとまでは申さぬ。仮事《かりごと》で構わぬゆえ、わしと不憫《ふびん》な孫に夢を見させてやってくれい」

「ご冗談もいい加減になされませ」

弓香の目が半眼になった。

さりげなく関節を極《き》めてきた老師の手を、さっと逆に締め上げる。

「おお、流石は風見の鬼姫じゃ。女っぷりのみならず腕も上げたの」

「あっ」

「したが、まだまだ隙があるぞい」

負けじと老師は攻めを捌《さば》き、切り返す。

「何をしちょるか、こん娑婆塞《しゃばふさ》ぎが！」

小技も巧みな老師を沈黙させたのは、一喝と共に繰り出された平手打ち。

「相すまぬ、弓香殿」

気を失った不肖の父を傍らに、甚五左衛門は弓香に向かって頭を下げた。

「頭を上げてくだされ、先生」

多門は弓香に目くばせをすると、代わって甚五左衛門に語りかけた。

「風見……」

「娘はお貸しできませぬが、他のことならば何なりとお申しつけくだされ。若先生の恥を雪《そそ》ぐ助太刀をとお望みならば、ご遠慮は無用にござるぞ」

「……察してくれておったのか、風見」

「わしも娘も、そして婿の竜之介も短き間なれど、平山のご門下にて学ばせて頂いた身にござる。伊賀組同心衆で唯一、服部家と伊賀者の誇りを背負わんと武の道を邁進《まいしん》しておられるがゆえに何かあってもご同役の方々は当てにできず、さりとてお目付筋を頼るわけにも参らず……左様なご苦労を拝察できぬようでは、先生方も我らにご教授くださった甲斐がござるまいよ」

「かたじけない、風見」

甚五左衛門は重ねて礼をすると、恥を忍んで本音を明かした。

多門から言われた通り、一家揃って武辺者の平山家は世間のみならず、伊賀組同心の仲間内でも浮いた存在だ。

戦国乱世に服部家を頭領として勇名を馳せた伊賀者は地侍であり、忍びの者だけで構成された一党だったわけではない。

諜報《ちょうほう》に秀でていたのは事実だが、本領はあくまで弓馬刀槍。

平山家が組み討ちを含めた武芸十八般の指南はしても忍術は教えておらず、伝承もしていないのは代々の武士だからだ。

しかし同じ伊賀者の子孫でありながら、同役の家々は忍術どころか武術も重んじていなかった。

八代吉宗公が紀伊徳川家で諜報活動を任せていた薬込役《くすりごめやく》を母体に創設させた御庭番《おにわばん》にお株を奪われ、かつて担った隠密御用と無縁になった伊賀組同心は、今や千代田の御城の番士に過ぎない。諸大名が反旗を翻し、軍勢を率いて城攻めに及ぶことなど万が一にもあり得ず、幾ら励んでも三十俵二人扶持の薄給しか受け取れぬ以上、腕を磨く必要もないと割り切っていた。

そんな伊賀組同心たちにしてみれば平山家は煙たい存在でしかなく、恨みを買って組屋敷に乗り込まれても見て見ぬ振りしかしない。

昨夜も行蔵に自分と仲間の四人だけで決着をつけると締め出された甚五左衛門らが帰宅するまで誰も駆けつけてくれてはおらず、あと少し放っておかれたら行蔵は七分どころか十割十分、手遅れになるところだった。

「ふむ、残るお三方は若先生を置き去りにして居なくなったと」

「度し難き卑怯者ですね。姓名など分からずとも探し出し、懲らしめてやりまする」

多門と弓香は怒る余りに口を挟んだ。

戦い半ばで逃げたと思われる行蔵の仲間も許せぬが、最も憎むべきは下手人だ。

さりとて目付筋に訴えて、探して貰うわけにはいかない。

旗本は目付、御家人は徒目付がそれぞれ行状を監察し、事件となれば探索にも乗り出すが、平山家で乱闘騒ぎが起きるのは数十年来のこと。負けた相手は退散したまま訴えもしないため、評定所《ひょうじょうしょ》に呼び出されて吟味に及んだことは一度もなかった。

今になって目付を頼るのは、平山家の恥である。

行蔵が不覚を取ったと世間に知れれば、なまじ名が売れているだけに物笑いの種にされるのは必定。そうなれば指南を所望する者は絶え、下手をすれば平山家は御役御免。そんなことになれば、もはや服部家と伊賀者の誇りを担うどころではない――。

「わたくしからもお願い申し上げます」

「老い先短いばばが願い、しかと頼みまするぞ」

甚五左衛門に続いて頭を下げたのは、行蔵の母と祖母。

行蔵の祖父も身を起こし、黙って頭《こうべ》を垂れていた。

二

翌日、当番が明けた竜之介は北伊賀町に赴いた。

朝一番で駆けつけた文三と瓜五からあらかじめ、本丸御殿の玄関内の下部屋《したべや》にて話を聞いた上のことである。

「されば、おぬしたちは聞き込みを頼む」

疾風から降りた竜之介は、お供の一同に向かって告げた。

「任せておくんなせぇやし。きっと埒を明けてご覧に入れまさぁ」

「兄い、似合わねぇ格好はつけるもんじゃありやせん」

胸を張って請け合う文三を、すかさず勘六がこき下ろす。

「いいから行くぜ、勘の字」

勘六を促して駆け出す瓜五に続き、中間たちは四方に散った。

彼らには、表通りに連なる町家の聞き込みを任せてある。

「我らも参るぞ、島田」

「は」

彦馬と権平も竜之介に一礼すると、二手に分かれて歩き去る。

こちらは先手組を初めとした、界隈の武家屋敷の担当だ。

「いってらっしゃいやし、殿様」

「うむ、疾風を頼むぞ」

声を揃えた左吉と右吉に見送られ、竜之介も歩き出した。

御家人の組屋敷には馬を留める場所がないため、左吉と右吉には疾風の轡《くつわ》を取って界隈を流して歩くように命じてある。

聞き込みの人手が多いに越したことはなかったが、他の中間たちと違って口数の少ない二人には荷が重いと判じたがゆえだった。

稲荷横丁の平山家に到着し、挨拶もそこそこに行蔵の部屋を訪れると二人の先客が竜之介を待っていた。

「峠は越したぞ、風見殿」

昏々《こんこん》と眠る行蔵に付き添っていたのは、奥医師の栗本元格《くりもとげんかく》。

「お待ちしておりましたよ、先輩！」

隣に座って微笑んでいたのは、小納戸の倉田十兵衛《くらたじゆうべえ》だ。

折よく非番だったのを幸いに、文三と瓜五を使いに走らせて助勢を頼んだ十兵衛は一歳違いの竜之介に少年の頃から懐《なつ》いている、付き合いの長い仲である。

「二人とも、せっかくの休みに雑作をかけてしもうて相すまぬ」

「気に致すな。怪我人を診るのは医者の務めだよ」

事もなげに答える元格は奥医師を代々務める栗本家に婿入りし、四代目を継いだ身だ。実家は本草学の大家として知られる田村《たむら》家で、元格も医術を修める一方、動植物から鉱物に至るまで幅広い知識を備えている。竜之介とは前に大奥で発生した事件の解決に弓香を交えて協力し合い、気心の通じた仲となっていた。

「元格殿、若先生の傷から何ぞ分かり申したか？」

「斬ったのは尋常ならざる手練だな。この切り口からも一目瞭然だ」

竜之介の問いかけに答えつつ、元格は傍らの鎖帷子《くさりかたびら》を指し示した。綾麻呂と戦った際に行蔵が着込んでいたものだ。

「うむ……刃筋にいささかの乱れもござらぬな」

「さもあろう。まさに一糸の乱れもなし、というやつだ」

竜之介の言葉を裏付けるかのように、元格は天眼鏡《てんがんきょう》を覗いていた。

「こちらもご同様ですよ。敵に折られてしまった、行蔵さんの差料です」

十兵衛が二人の目の前に置いたのは、綾麻呂に両断された大太刀。

「斬ったと申すべきだな、倉田殿」

天眼鏡を覗いたまま、元格が呟く。

大太刀の断面は拡大されても歪みがなく、どこまでも平らだった。

「相手は年配の者やもしれぬな。手の内がよほど錬れておらねば、こうはいくまい」

二人と共に天眼鏡の向こうを注視しながら、竜之介は呟いた。

「では先輩、それを確かめに参りましょう」

待っていましたとばかりに、十兵衛が言い出した。

「何ぞ分かったのか、おぬし」

「はい。これさえあれば間違いありません」

そう言って十兵衛が取り出したのは、油紙に包んだ懐紙。

「得物を拭った後、風で飛ばされると思うて捨てていったのでしょう。行蔵さんの体に引っかかっていたのが、相手にとっては運の尽きですよ」

「見つけたのはわっちじゃよ、竜之介」

行蔵の祖母が部屋に入ってきた。

「おばば様」

「お前さんは行蔵が太鼓判を捺した、ただ一人の腕利きじゃ。その腕を、どうか存分に振るうておくれ」

三つ指を突き、竜之介に向かって頭を下げる様《さま》はしおらしい。男たちを一打で悶絶させる女丈夫ぶりから一転した、老いても淑《しと》やかなしぐさであった。

「お任せくだされ、おばば様」

力強く答えると、竜之介は十兵衛を促して立ち上がった。

三

「頼むぞ、雷電《らいでん》」

「わんっ」

竜之介の呼びかけに力強く答えたのは、十兵衛に縄を取られた紀州犬。

この雷電を十兵衛に任せたのは、在りし日の意次だ。

甥の知己《ちき》である十兵衛が大の動物好きと知るに及び、田沼家にゆかりの紀州の地で生まれた仔犬を贈ってくれたのである。

日の本原産の犬の中では大型の部類に属する紀州犬は山中で獣を狩ることを得意と

するが、町中で暮らしていれば生まれ持った力も鈍ってしまう。

それを案じた十兵衛は伝手《つて》を頼って甲州の猟師に雷電を預け、猟犬としての経験を抜かりなく積ませていた。

この春に江戸へ戻ってきた雷電は修行の甲斐あって、目立って太い首としなやかな筋肉を備えている。犬ならではの能力である嗅覚《きゅうかく》も更に研ぎ澄まされ、これまでにも事件を解決する上で役に立ってきた。

竜之介の期待を担い、雷電は迷うことなく歩みを進めていく。

行蔵の血を拭く以前から沁みついていた臭いを追い、逞しい四肢で地面を踏み締めながら、四谷から赤坂《あかさか》へと歩みゆく
文字通り懐に収めて持ち歩く懐紙には、持ち主の体臭が移っている。反故《ほご》を漉《す》き直した浅草紙《あさくさがみ》と違って柔らかく、吸湿性が高いから尚のことだ。

「雷電、ほら」

十兵衛は頃合いを見計らっては懐紙を取り出して嗅がせ、雷電の集中力を保たせる配慮を忘れない。

「殿様！」

二人の後方から瓜五が駆けてきた。

「おぬしか。何としたのだ」

「耳寄りなネタを聞き込みやしてね、お知らせに上がりやした」

足を止めた竜之介に言上する瓜五は汗まみれ。

「大儀であった。して、何が分かったのだ」

竜之介は労をねぎらうと、先を促す。

「事が起きたすぐ後の頃に、妙なさむれぇに会った奴が居たんでさ」

「侍だと？」

「見たってのは駕籠かきでございやす。酔って眠っちまった連れを三人、小石川《こいしかわ》まで運んでくれって若いさむれぇに頼まれて、前払いで酒手も貰っちまったんで二つ返事で引き受けたそうなんで」

「よくある話ではないか。どこがおかしいと申すのだ」

「妙なのは、その先の話でございやす。どこのお屋敷まで運べばいいのかと思いきや江戸川《えどがわ》の土手で降ろさせられたそうなんで」

「そこから先は、船で運ぶ算段だったのであろう」

「駕籠かきたちもそう思って、乗せるところまで手伝うって申し出たんでさ。そしたら無理やり追い返されたそうで」

「ふむ、たしかに妙だな。若先生のお仲間が逃げたのではなく、連れ去られたとは……」

「で、その後はどうなったのだ？」

考え込んだ竜之介に代わり、十兵衛が瓜五に問いかける。

雷電は十兵衛の足下に座り込み、あるじたちが足を止めてくれたのを幸いに小休止を決め込んでいた。

「駕籠かきたちも気になったんで、帰った振りして茂みから覗いていたら、さむれぇは近くの船着き場に舫《もや》ってあった屋根船《やねぶね》に、三人を担ぎ入れたんでさ」

「屋根船を」

「侍が？」

竜之介と十兵衛の反応は当然のものだった。

「へい。猪牙ならまだしも、あの屋根付きのでかい奴でさ。そいつを慣れた腰つきで漕ぎ出して、行っちまったって次第でさぁ」

「ふむ、そういうことか……」

合点《がてん》がいった面持ちで、竜之介が頷いた。

「どういうことですか、先輩」

十兵衛が怪訝そうに竜之介に問いかけた。

「連れて行かれた三人と申すのは、事が起きた場に居合わせた方々であろう」

「そのはずです。たしかに三人分の箸と碗が出しっぱなしにしてあったと、おばば様が言うておられましたよ」

「若先生を斬りおったところを見られたがゆえの口封じか、あるいは初めからその三人が狙いであったのかは定かでないが、当て身で失神させたのを酔っ払ったと装うて、連れて行きおったのは間違いあるまい」

「寝込んじまうほど呑んだにしちゃ、まるで酒臭くなかったそうでさ」

「船、それも屋根船の扱いに慣れておる侍がそう多いとは思えぬ。船宿に聞き込みを致さば身元も割れるだろう……されば瓜五、皆で手分けをして当たってくれ」

「そんな手間は無用でございやすよ、殿様」

「無用だと?」

「駕籠かきたちが言うには、その屋根船は特別誂えの物々しい造りになっていたそうでございやす」

「物々しい、か……まるで軍船だな」

「先輩、もしや佐竹様のお抱え船ではありませんか」

「俺もそのことを思い出しておった。屋根船なれど堅牢で、噂によると帆柱を立てることもできる造りだそうだ」

「その佐竹様の絡《から》みで、耳寄りな話がございやすよ」

竜之介と十兵衛のやり取りに、瓜五が口を挟んだ。

「おぬし、他にも聞き込んだことがあるのか」

「いえ、こいつぁ俺が直《じか》に見聞きしたことで」

そう前置きをすると、瓜五は二人に向かって語り出した。

「あっしが女泣かせだってことは、殿様も倉田様もご存じでございやしょう。自慢をするわけじゃありやせんが、玄人女《くろうと》に惚れられちまうのもしばしばで、十年ほど前に吉原の太夫の間夫《まぶ》になってたことがあるんでさ。いい身請け話が持ち上がったのを潮にあっしは身を引いたんでございやすが、ちょうどその頃に黄表紙で売り出した朋誠堂喜三二って戯作者、又の名を手柄岡持っていう狂歌師の先生とお近づきにならせて頂きやしてね」

「先輩、喜三二と言えば」

「秋田二十五万石の上屋敷を預かる江戸留守居役、平沢常富殿……だ」

「へい、その通りでございやす」

竜之介の答えを受けて、瓜五は続けた。

「平沢の旦那は吉原通いに自前の船を使っておられやして、あっしも一度だけ乗せて頂きやしたが、えらく頑丈な造りでござんした。戯作者の先生ってのはこんなに凄《すげ》えお船を買えるほど儲かりなさるんですかいって訊いたら、これはお家の備えなれど他には誰も使わぬゆえ、どこへ参るにも遠慮のう拝借しておるのだ、って笑っておられやしたよ」

「……平沢と申せば陰流の二代目だ」

「愛洲元香斎でしたね、先輩」

「左様。佐竹家に技を伝え、秋田へ国替えとなりし後も従いて子々孫々、今に至っておると聞く。常富は平沢家の婿養子だそうだが、当主とならば家伝の技を伝授されておっても不思議ではあるまい」

「あの旦那は見かけによらず腕が立ちやすよ。遊び人を気取っていても身のこなしに隙がありやせんし、目当ての娼妓《おんな》が旦那のとこに行っちまってお預けを喰った浅葱裏《あさぎうら》から喧嘩を売られた時も、あっさり抑え込んでおりやした」

「……大儀であったな、瓜五」

重ねて瓜五の労をねぎらうと、竜之介は十兵衛に呼びかけた。

「参るぞ、十兵衛」

勢い込んで答えると、足下の雷電も身を起こす。

「はいっ」

「くれぐれもご用心くだせぇやし」

瓜五の声に送られて、二人と一匹は再び歩き出した。

雷電が足を止めたのは、下谷の大名屋敷の前だった。

「……当たりだな」

「……はい」

竜之介と十兵衛は頷き合うと雷電を連れ、物陰に身を潜《ひそ》めた。

「平沢が参らば合図を致すゆえ、雷電をけしかけよ」

「では、先輩が抱いていてやってください」

「うむ、心得た」

小声で段取りを話す二人は、常富の顔を知っていた。大名家の留守居役は江戸家老に準じた立場として、登城した主君に付き添うことがあるからだ。厳密に言えば規定に反することだが、咎められても家老の名代と称すれば大事に至ることもない。

「………」

西の空が明るさを増してきた。

日没を前にした強い西日に紀州犬ならではの、鎌《かま》を思わせる形の尾が煌めく。

「ええ毛並みでんなぁ」

京言葉で呼びかけられた途端、その尾が本物の鎌さながらに強張った。

甲冑のごとく全身を覆う真っすぐな被毛《ひもう》のみならず、下の柔毛《やわげ》まで硬くなったのが竜之介の手のひらに伝わってくる。

「わ、わん」

雷電の吠える声は、探すことを命じられた相手を嗅ぎ当てた時のもの。

しかし、かつて耳にした覚えがないほど弱々しい。

恐怖に震える雷電の目は、気配を感じさせることなく現れた、水干姿の若者に向けられていた。

「あれ、怯《おび》えさせてもうたかな」

怖がられていると気づいたらしく、若者――綾麻呂は気まずそうに呟いた。

「えろうすんません。ほな」

そそくさと立ち去りかけた若者を、竜之介は呼び止めていた。

「待たれよ」

四

神田川伝いに歩き続ける内に、柳橋が見えてきた。

芸者を客の待つ宴席へ送る猪牙が幾艘も、夕日に染まった川面に漕ぎ出していく。

「まだ行きますの？」

「芸者衆の見ている前で荒事《あらごと》でもあるまい。いま少し、先へ参るぞ」

「よろしおます」

竜之介の言葉に逆らわず、綾麻呂は後に続く。

前後になって歩みを進める二人の身の丈は、ほぼ同じ。

十兵衛の姿は見当たらない。

一歩も動けなくなってしまった雷電を連れて帰らせたのだ。

怯えていたのは十兵衛も同じであったが神田川の畔で別れる際、下谷御門を抜けていくのを見届けたので、心配するには及ぶまい。

柳橋を通り過ぎれば、大川は目の前だ。

すぐ右手は両国橋だが、竜之介は渡ることなく左に曲がる。

向かった先は蔵前《くらまえ》だった。

諸国の天領から集められた年貢米を保管する御米蔵と、米俵を運ぶ船を迎えるための船着き場が設けられた一帯は柵に囲まれ、日が沈むと出入口も封鎖される。

「櫛《くし》の歯みたいでんなぁ」

船着き場を垣間見た綾麻呂が、子供じみた感想を口にした。

「………」

前を行く竜之介は無言。

綾麻呂が漂わせる気に呑まれまいと、歩みを進めるばかりであった。

竜之介が歩みを止めたのは御米蔵の先にある、大川を眼下に臨む土手の上。

沈む間際の夕日が、大川を行き交う船を照らしていた。

「名乗るのが遅くなったな。風見竜之介と申す」

「やっぱり、そやったんか」

答える綾麻呂の声からは、無邪気な響きが消えていた。

静かな、それでいて押しの強い声音《こわね》であった。

「俺のことを存じておるのか？」

圧倒されまいと耐えながら、竜之介は綾麻呂に問いかける。

「話だけなら何遍も、お母はんから聞かされとるわ」

「母御とな」

「誰かは教えたらへんよ。まだぎょうさんやることが残ったはるしな」

「おぬしは、その手先ということか」

「子供が親の手伝いすんのは当たり前やろ」

「成る程、道理だな」

「せやから、お母はんの邪魔する奴は斬らなあかんねん」

「……名を聞こう」

「わては綾麻呂。姓は教えられへん」

「何故だ」

「聞いてもうたら、お前はんはわてに刃を向けられんようになるやろ」

「ふざけるでない。師を斬った者に弟子が刃を向けるは当然ぞ」

「お前はん、平山行蔵の門人やったんか」

「若先生のご指南を受けたのは何年も前のことだ。今は教えを乞うておらぬが、師と呼ぶにふさわしき御仁だと思うておる。なればこそ、おぬしに被《こうむ》りし汚名を雪《そそ》がずにはいられぬのだ」

「ほなら、出し惜しみせんとやり合うてくれるんやな？」

「念を押されるまでもない」

「さよか。嬉しいなぁ」

竜之介から言質《げんち》を取るや、綾麻呂は微笑んだ。

御米蔵の船着き場を櫛に譬えた時の、無邪気なものではない。

獲物を眼前にした獣のごとき、捕食の期待に満ちた顔だった。

竜之介は無言で肩衣を肩から外すと、鯉口《こいぐち》を切った。

水干の袖を川風にはためかせ、綾麻呂が太刀の反《そ》りを返した。

淡い月明かりの下、二振りの刀身が露わになった。

二人の足が前に出た。

間合いが詰まった瞬間、二つの刃音が同時に鳴る。

刀と太刀がぶつかり合った。

太刀を絡め取らんとした途端、竜之介の刀が弾かれる。

小手先ではなく、体全体で押し返されたのだ。
竜之介はたたらを踏まされることなく、後ろに跳んだ。
逃げたわけではない。
攻めかかるため、新たに間合いを切り直したのだ。
「ええ眼や」
綾麻呂が嬉しげに呟いた。
手にした太刀の刃長は、竜之介の定寸の刀とそれほど変わらない。
太刀そのものが剛剣ということではないのだ。
刀剣に限らず、武器の威力を引き出すのは遣い手だ。
槍も薙刀も、弓鉄砲も同じこと。
最大限に力を発揮できるがゆえに、得物と言うのだ。
竜之介は再び斬りかかった。
間合いが詰まる。
刃音が鳴る。
闇を裂き、短くも冴えた音が響き渡る。
だが肉を裂き、骨を断つ音はしない。

「く！」

宙を斬っただけと気づいた瞬間、竜之介は横に跳んだ。

腰のところにぶら下がっていた肩衣の片方が、はらりと落ちる。

「あかん、外してもうた」

綾麻呂が残念そうに呟いた。

川風にはためいた肩衣が、偶然にも目くらましになったらしい。

竜之介は刀を構え直した。

上段の構えだ。竜之介が学んだ柳生一門の新陰流では、雷刀《らいとう》と呼ぶ。

対する綾麻呂は構えを取らず、右手に持った太刀の切っ先を前に向けるのみ。

戦いが始まってから変わらぬものである。

無雑作なようでいて、付け入る隙が見出せない。

「……………」

頭上に刀を振りかぶったまま、竜之介は綾麻呂を見返している。

上段からの斬り付けは威力が大きい反面、外すと次の動きが遅くなる。

空振りすれば命取り、ということだ。

「ええで。お前はん、ほんまにええわ」

綾麻呂は嬉々として告げてきた。
「わてな、歯ごたえのある斬り合いいうのをしたことないねん」
今まで戦った相手は全員、自分より弱かった。
そう綾麻呂は言っているのだ。
「ああ、平山はちっとはましやったで」
竜之介が怒りを滲ませたことに気づいたらしく、綾麻呂は言い添えた。
怒りを煽《あお》り、隙を作ろうと狙ったわけではないらしい。
この若者は、竜之介との戦いを楽しんでいる。
姑息《こそく》な策を用いることなど、考えてもいまい。
「行くで」
告げると同時に、綾麻呂が前に出た。
間合いを詰められても刀を振りかぶったままでいれば、斬られるだけだ。
竜之介は受け流しに入った。
刀の峰の下を潜るようにした動きは、防御のための一手である。
太刀を側面の鎬《しのぎ》で受け、止めることなく刀身を斜《はす》にする。
並の剣客ならば体勢を崩され、これで勝負はつく。

しかし綾麻呂は甘くなかった。

受け流された太刀をしゃっと跳ね上げ、繰り出したのは突き。

背中を後ろに反らせてのことだった。

「む⁉」

竜之介は咄嗟に刀を振るい、迫る切っ先を脇に逸らした。

綾麻呂の動きは止まらない。

上体を元に戻して向き直りざま、近間に立って斬り付ける。

角度の急な、元より刃筋を立てた斬撃だ。

体《たい》の捌《さば》きでかわせぬ以上、正面切って打ち合うより他にない。

太刀と刀がぶつかり合った。

二合。

三合。

鋼《はがね》同士の激突音が、続けざまに闇を裂く。

もちろん、ただの鋼ではない。

太刀も刀も鉄を炎で熱しては鎚《つち》で打つことを繰り返し、純度を高めた鍛鉄《たんてつ》によって造られている。溶かした鉄を固めただけの鋳鉄《ちゅう》にはない柔らかさを、硬さと共に備え持っている。

ゆえに日の本の刀剣は、

『折れず、曲がらず、よく斬れる』

と言われるのである。

二人が振るう太刀と刀の違いは、端的に言えば拵《こしらえ》のみ。

綾麻呂の太刀も拵を取り替え、刃を上に向けて帯びれば刀となる。

敢えて違いを挙げるならば、太刀は刀よりも反りが強い。深い。平安や鎌倉の世に造られた太刀は特に強く反っており、三日月を思わせる姿をしている。

綾麻呂の太刀は、恐らく磨り上げだろう。

打ち合いの続く中、竜之介はそう察した。

昔の長い太刀を茎《なかご》の部分から切断し、詰めることによって短くする。

作者である刀工の銘は茎に鏨《たがね》で刻まれているため、磨り上げた後は刃文などの特徴から推定しなくてはならなくなるが、腰にしやすくなるという利点がある。切断した部分に代わって新しく茎を設けるため、必然的に反りが浅くなるのも、扱いやすさを優先するのなら有益なことと言えるだろう。

「わての太刀はな、景光や」

綾麻呂が打ち合いながら告げてきた。

名高い備前長船一門の三代目だ。

「自慢か」

手を止めることなく、竜之介は問う。

「違《ちゃ》うわ」

綾麻呂が微笑んだ。

「お前はんの甥っ子の脇差と、同じやろ」

思いがけない答えであった。

「おぬし、忠を存じておるのか？」

「割下水いうとこでたまたま会うてな、助けたった」

「……………」

「別に礼はいらへんよ。あの子がええ眼をしとったから、そないしただけや」

「忠の、眼？」

「そう、今のお前はんと同じ眼や」

綾麻呂はまた微笑んだ。

「人が痛めつけられて必死になっとるとこを見んのが、わては好きやねん」

「感心せぬな……おぬし、鬼畜《きちく》か」

「あほ、そないな意味と違うわ」

醒めた目になった竜之介に、綾麻呂は性癖《せいへき》のことではないと言い返した。

「抗うて生きるいうのは楽なことやないやろ」

「当たり前だ」

竜之介は、綾麻呂の斬り付けを受け流した。

「せやけど、抗わんと終いにされてまうわな」

綾麻呂が反り突きを見舞った。先ほどよりも速く、鋭い。

「それは困る」

竜之介は突かれる寸前に切っ先を逸らした。

「終いにされてもええと思た時、人は人であることを自分で捨ててまうんや」

今度は綾麻呂が、受け流しに太刀を振りかぶった。

「そうなってはなるまいぞ」

先ほどの自分と同じ一手で防がれながらも、竜之介は体勢を立て直した。

機敏に向き直りざま、突きを見舞う。

刀身を横にした、避けても刃にかすめられる一撃だ。

「せや、なったらあかん」

竜之介の突きをかわす綾麻呂の体捌きは、驚く程に俊敏だった。

「まだいけるんか」

「無論」

短く言葉を交わしざま、二人は後ろに飛び退《すさ》った。

もちろん、逃げるためではない。

戦うために必要な間合いを、同時に確保しただけである。

互いに切っ先を向け合うと、二人は足を止めた。

これで息を調えられるが、大きく呼吸をするのはまずい。肺と連動する肩の動きで次の動作を悟られてしまうからだ。

「………」

「………」

共に口を閉ざした二人は視線を交わす。

眼だけではなく全身を、まんべんなく見て取りながら呼吸を調える。

竜之介は、体が重くなってきたのを感じていた。

二十四歳と十七歳。七つの差は大きい。

元より綾麻呂の年までは知らない竜之介だが、二十歳前なのは見れば分かる。

しかも、綾麻呂は若さだけが武器ではない。

手の内と呼ばれる握りの加減が、年に似合わず熟達している。

一体、どのような修行を積んだのだろうか。

早くから始めたとしても、せいぜい六つか七つからであろう。

にもかかわらず、七十を過ぎた老剣客並みなのだ。

教えた者が優秀で、学んだ綾麻呂も理解が早い。

そんな理想的な関係の下でなければ、身につかぬ練度である。

この若者は天才だ。

竜之介はそう確信していた。

されど、負けるわけにはいくまい。

確かめておかねばならない疑問も、一つ生じていた。

「……綾麻呂、教えよ」

「年は十七やけど」

「そうではない。何故に、俺が忠の叔父だと存じておるのだ」

「せやったんか」

綾麻呂は苦笑いをした。

「先にそれを訊いてぇな。言わんでもええことを、ばらしてもうたわ」

「気に致すな。おぬしを見れば十七、八と誰もが察するはずだ」

「わての顔、年相応に見えるんか？」

「左様だが、それが何としたと申すか」

「良かったわ。老けとるんやないかって、ずっと思てたからな」

安堵の笑みを浮かべた綾麻呂は無邪気だった。

竜之介を圧する気も一瞬消えたが、すぐに戻った。

この若者、そこまで甘くはないようだ。

「綾麻呂」

竜之介は問いかけた。

「何や、竜之介はん」

「忠のこととは別に尋ねる。おぬしは何を背負うて太刀を取る」

「わての素性を探る気かいな。答えるわけないやろ」

「佐竹様のご家中と関わりがあることは分かっておる。さもなくばお抱えの船は拝借できまい」

「それでお屋敷の前で張ってたんか……あの犬やな」

「雷電を恨むでない。その怒りは、俺に挑む太刀に乗せて来い」

「安心しい。人も獣も、挑んで来ん限りはよう斬らんわ」

「ならば良い。されば、俺の問いに答えよ」

「背負とるもんは生まれつきや。忠はんとお前はんの繋がりをどうして知っとったのかは言うわけにいかへんな。色々ばれてまうから」

「その生来背負うておることと、関わりがあるのだろう」

「……」

「主君か、親か、あるいは一族か。そんなところであろうよ」

黙り込んだ綾麻呂に、竜之介はそう告げた。

やはり綾麻呂は応えない。

だが、今はそれで構うまいと竜之介は判じた。

沈黙も、また答えである。

「お互いに喋りが過ぎたな」

「ほんまやな」

綾麻呂は苦笑いを浮かべると、前に出た。

竜之介も応じて一歩、踏み出した。

二歩。

三歩。

互いに前進する内に、間合いは詰まった。

一足一刀《いっそくいっとう》。

一歩踏み込んで刀を一度振るえば、相手に届く。

外せば倒されることになる。

有《あ》り体《てい》に言えば、死ぬ。

竜之介は死ぬわけにはいかなかった。

それは綾麻呂も同じだろう。

生まれながらに背負うものがあるというのは、竜之介にも言えることだ。

田沼の一族として生まれたのを手放しに喜べる程、竜之介も兄の清志郎も恵まれた立場ではない。竜之介の祖母に当たる田沼家の女中が生んだ男の子を意次が末の弟と認め、分家を立てさせなければ、名乗ることもなかった姓なのだ。

ゆえに竜之介は意次に感謝し、護れるほど強くなるべく腕を磨いた。

意次が失脚して両親が亡くなり、絶望した末に自分も死にたいとまで思いつめた。

そんな時に竜之介を救ってくれたのが、風見多門と弓香である。
田沼と風見。
二つの家のために、竜之介は生きねばならない。
綾麻呂が太刀を振りかぶった。
初めて構えらしい構えを取ったのだ。
竜之介が戦いの序盤で見せた雷刀よりも、更に深い振りかぶり。
咎人の亡骸を二つ三つと重ね、断ち割る時に用いる構えだ。
並の技量の者が同じことをすれば、振り降ろす前に倒せる。
だが、綾麻呂の斬り下ろしは速かった。
速いだけではなく、強かった。
咄嗟に受け流さんとした瞬間、竜之介の刀が両断された。
行蔵も、同様の手でやられたのか——。
「これで終いや」
淡々と告げながら、綾麻呂が再び振りかぶる。
既に刀は用をなさない。
竜之介は帯前に手を走らせた。

右手ではない。生来の利き腕である、左手だ。

脇差の刀身が露わになる。

綾麻呂の太刀が迫り来た。

人体を一太刀の下《もと》に、唐竹割《からたけわ》りにする威力を備えた剛剣だ。

しかし、振り降ろせない。

竜之介の脇差が、喉元に突きつけられていたからだ。

「……その技は、何や」

「竜尾斬《りゅうびざん》」

「りゅうびざん？」

「竜が尾で斬る。刺しもする」

「ほんなら、なんで止めたんや」

「それは、おぬしも同じであろう」

竜之介は告げながら後ろに下がった。

綾麻呂も黙って退くと、太刀を鞘に納めた。

「せんぱーい！」

十兵衛の呼ぶ声が聞こえてきた。

「わん、わんっ」

雷電の吠える声は以前と変わらず、力強い。

「殿様！　ご無事ですかーい!!」

「いいか手前ら、若造相手に後れを取るんじゃねぇぞ」

「へい、カシラ！」

文三と又一、そして中間たちの気合いを込めた声もする。

十兵衛が北伊賀町に駆け戻り、加勢に引き連れてきたのだろう。

「とんだ邪魔が入りよったな」

「いや、時の氏神《うじがみ》だ」

「ええように言うなや。お前はんとわては敵同士、馴《な》れ合う気はあらへんよ」

「それはこちらが申すことだ」

「次は決めるで。覚悟しとき」

「おぬしもな」

竜之介は脇差を鞘に納めた。

土手を駆ける足音が近づいてきた。

「行くで」

綾麻呂が踵を返して走り去る。

その背を見送る竜之介は気づいていた。

綾麻呂の顔は、竜之介の知る人物によく似ている。

田沼山城守意知。

五年前に非業の死を遂げた、竜之介の従兄弟《いとこ》と瓜二つであった。

二見時代小説文庫

公達《きんだち》の太刀《たち》　奥小姓《おくごしょう》裏始末《うらしまつ》4

二〇二一年　七　月二十五日　初版発行

著者　青田《あおた》圭一《けいいち》

発行所　株式会社　二見書房
〒一〇一-八四〇五
東京都千代田区神田三崎町二-一八-一一
電話　〇三-三五一五-二三一一［営業］
〇三-三五一五-二三一三［編集］
振替　〇〇一七〇-四-二六三九

印刷　株式会社　堀内印刷所
製本　株式会社　村上製本所

ISBN978-4-576-21095-7
https://www.futami.co.jp/

青田 圭一

奥小姓裏始末

シリーズ

以下続刊

①奥《おく》小姓《ごしょう》裏始末1　斬るは主命
②ご道理ならず
③福を運びし鬼
④公達《きんだち》の太刀

竜之介さん、うちの婿にならんかね――。故あって神田川の河岸で真剣勝負に及び、腿を傷つけた田沼竜之介《たぬまりゅうのすけ》を屋敷で手当した、小納戸《こなんど》の風見多門《かざみたもん》のひとり娘・弓香。多門は世間が何といおうと田沼びいき。隠居した多門の後を継ぎ、田沼改め風見竜之介として小納戸に一年、その後、格上の小姓に抜擢され、江戸城中奥《なかおく》で将軍の御側近くに仕える立場となった竜之介は……。